後藤正文

青い星、此処で僕らは何をしようか

藤原辰史

MISHIMASHA
ミシマ

はじめに

一九七六年十二月二日、大気に満たされた青い星に生まれ落ちた二人が、無限にあると思われた時間と可能性の中で何をしようかと、あちこちウロウロキョロキョロしながら、結局あることを始めました。一人は音楽、一人は学問。

本書のタイトル『青い星、此処《ここ》で僕らは何をしようか』には、そんな「始まり」に対する畏《おそ》れや不安がたっぷりと表現されています。とともに、それでも誰かが何かを「始める」ことを抱き留《と》める、青い星の「懐《ふところ》の深さ」もまた表現されています。

このタイトルは、著者の一人である後藤正文さんが属するロックバンド、ASIAN KUNG-FU GENERATION（アジアン・カンフー・ジェネレーション）の「惑星」（二〇〇八年）という歌の一節です。もう一人の著者である藤原がこのフレーズに心を奪われ、本書の第一稿ができあがった段階でタイトルとして編集部に提案しました（編集部と相談のうえ、歌詞では「僕」ですが、二人の対談の本ということで「僕ら」となりました）。

なぜ、このタイトルか。あえて理由を挙げるとすれば、それは三つくらいあると思います。

第一に、二人の対談と往復書簡は、何を成し遂げてきたか、という過去よりも、ここで何を始めようか、という未来への働きかけの言葉を探すことだったと改めて思ったからです。あちこち現場を歩いたり、作品を鑑賞したり、言葉を交換したりしながら、過去を点検し、未来を想像するこの本にとって、「此処」という近称の指示代名詞と、「何をしようか」という呼びかけにも聞こえる疑問形はふさわしい。そう私は考えました。

第二に、二人で鑑賞した『阿賀に生きる』（一九九二年）という新潟水俣病を扱った映画の中で、青い星に垂れ流した有機水銀の呵責《かしゃく》なさを確認したことでした。私たちの小さな体が母親の胎内から取り上げられたとき、毒物に冒《おか》されていなかったのは偶然にすぎませんでした。なぜなら、青い星に満たされていたのは大気や海水だけではなかったからです。青い星の住人たちの憎悪や虚栄心、核実験で放出した無色の放射性物質や、産業社会が生み出す黒煙、戦争によって燃え盛る炎、そして有機水銀に汚染された水によってもこの地球は覆《おお》われていました。このタイトルが表す色彩こそ、私たちが本書で詳細に辿っていく負の歴史を表していると思うのです。

第三に、「青」という色への思い入れです。青とは爽快の象徴であるとともに、未熟の象徴でもあります。これは、二人が、一九七六年十二月二日の新聞を読んで、生まれ落ちた「此処」を解説するのではなく、「学ぶ」ところから本書が始まることと深くかかわっています。一九七六年から二〇二四年までの失望と流血だらけの時代は、少なくとも私たち二人に成熟と達観を許しませんでした。嫌なことがあればそれを飲み込んで耐えることを、二人とも選びませんでした。政治の劣化に対しても、「此処」の緊張感の中で沈黙を選びませんでした。そんな二人の仕事の達成ではなく、抗《あらが》いの過程を表現するのなら、青という言葉こそふさわしいのではないか、と考えました。

ロックミュージシャンと歴史学者という稀《まれ》なコラボレーションによって、同じ誕生日であるという偶然さえも後景に退《しりぞ》くような、不思議なグルーヴが幾度《いくど》となく現れることを読者のみなさんは確認するでしょう。あらゆるメディアを通じて今後も続く共同作業の「始まり」として、この本を読んでいただければ幸いです。

著者を代表して　藤原辰史

目次

第１章
Back to 1976.12.2
～生まれた日の新聞を読む

僕らはどんな時代を生きていて、問題はどこにあるのか。
生まれた年の誕生日の新聞（全国紙五紙）を読み、語り合った。
（2020 年 12 月 11 日、2021 年 1 月 22 日収録）

総選挙中に生まれた僕たち

生まれた日は雨だった

――ゴッチさんと藤原さんの同級生対談、これより始めます。お二人は一九七六年十二月二日生まれということで、まさかの同じ生年月日。ちなみに、生まれた時間は何時頃ですか？

藤原　めっちゃ面白いですよね。人生で初めて会いました。僕は三時半です。

後藤　たぶんね、近いと思いますよ。僕も朝方だったような気がします（実際には午後二時）。

藤原　あ、僕ね、夕方なんです。十五時三十分です。

後藤　じゃあ、僕が先かもしれないです。

藤原　兄さんと呼ばせてください。後藤さんのご出身は、静岡の島田ですよね。

後藤　はい。生まれた病院は静岡市です。

藤原　私は北海道旭川市で、おふくろの実家が旭川なんですけど、二歳で島根県の出雲に引っ越してくるんです。ちょうど十二月二日は、最低気温がマイナス三〇度だったと母親が言っていました（実際にはマイナス八度）。とっても寒かったと聞きました。

後藤　朝日新聞に載っている天気を見ると、だいたい全国で雨っぽいですね。

藤原　あ、ほんまや。しかも、西高東低の気圧配置なので、北海道は凍っていますね、あきらかに。でもやっぱり静岡はあったかそうだなぁ。

後藤　札幌は、「晴れのち曇り、夜は時々雨」になっていますね。雨だったんですね。

藤原　雨だったのか、おかしいなぁ。雪と言ってたけど、違うんだ。

後藤　「昼は雲が広がり、天気は下り坂に向かいそう」という日みたいですね。静岡は「曇り時々雨」と書いてあります。

藤原　本当ですね。じゃあ あんまりいい天気に生まれてないんですね。ピーカンの空の下で生まれてほしかったですけど、残念でしたね（笑）。

なんてリベラルで余裕があったんだと驚く

後藤　こうして生まれた日の全紙[※1]を見てみると、思いっきり総選挙の最中（第三十四回総選挙の投票日が十二月五日、その三日前）に生まれたんだなということはわかりましたね。

藤原　知らなかったなぁ。ロッキード事件が二月にあって、田中派が壊滅的な状況になりそうだというときに、共産党と社会系が組もうぜっていう時代だったんですね。

後藤　現在の共産党とは相当違う打ち出し方だったんでしょうね。政治に対する世間のバラン

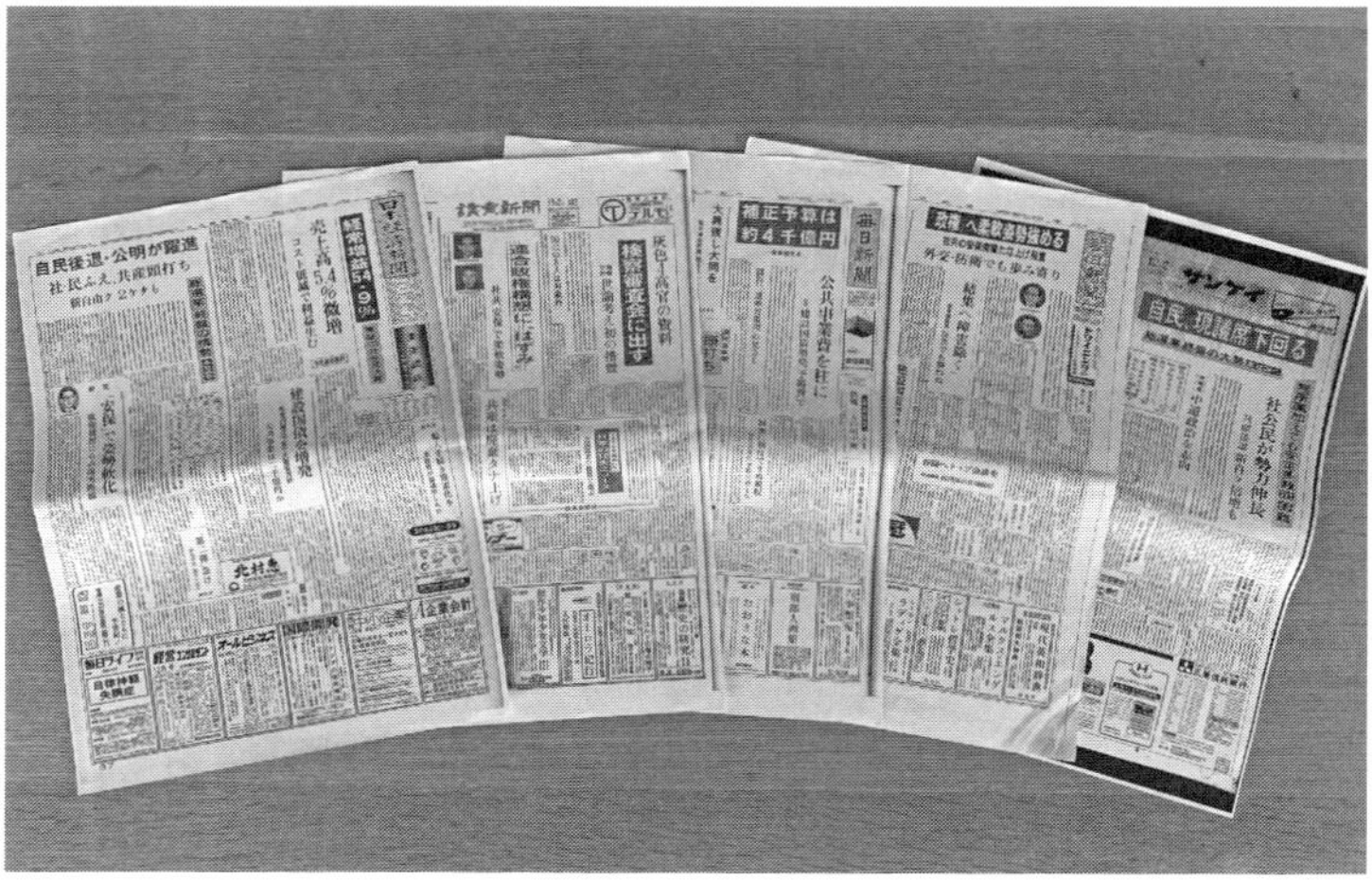

ス感覚が変わっていくんだろうなという空気を読みながら、だいぶ譲歩して「(公明党や民社党に対して)反共でも構わない(から非自民で結集しよう)」みたいな。

藤原　そうそうそう(笑)。なんてリベラルな。余裕があった時代だなとびっくりしましたね。

後藤　僕もそう思いました。

藤原　あとは、やっぱり社会党が強いなぁと思いました。その後、消えてしまった社会党が。当選者予測で一二八人ですからね。

後藤　こういった政情が担保されていたのは小[※2]選挙区制じゃなかったからですよね。

藤原　ほんとそう。

後藤　いかに小選挙区制が我々の選択肢を狭めて、世の中を貧しくしたかというのを、新聞を読んでいて感じました。

藤原　二大政党対決を前提とするアメリカ型の

選挙制度をやっても、日本はやっぱり難しいですからね。

後藤　そうですね。多様性のある意見を汲《く》み取るには間違ったやり方というか。たかだか三〇パーセントくらいの支持率でも、議席の過半数を取れてしまう制度自体に問題がありますよね。

※1　朝日新聞、読売新聞、毎日新聞、産経新聞、日本経済新聞の五紙。
※2　一つの選挙区から議員一名を選出する選挙制度。一九九四年、衆議院議員選挙に小選挙区比例代表並立制が導入された。

自民党は今と似て非なるものだった

後藤　僕の地元の静岡の選挙区でも、自民党の議員は複数の方が当選していたように憶えています。つまり、中選挙区制だったということですよね。現在の小選挙区制だと一人しか選ばれないから、自民党の執行部の意に沿わない人は、幹事長の力でパージ（除外）するようなやり方になって、安倍チルドレンや小泉チルドレンみたいな、チルドレン政治家ばかりになる。本当は政治なんて基本的に、チルドレンがやっちゃいけないんだけど（笑）。

藤原　本当にそう。

後藤　チルドレンでいいわけがない。政治は大人がやらなきゃだめなんだもの。

藤原　中曽根康弘は日本を変えたと思うんですね。私が小学生のとき、テレビはもちろん普段の会話でも「ナカソネ」はしょっちゅう登場した。私にとって最初の「首相」は、なんと言っても中曽根です。

彼は、原発を推進し、国鉄や電電公社の民営化を進め、ある意味、私たちの時代を作った人ですけど、官房長官には、ハト派寄り※3の発言が多かった後藤田正晴を置いたわけです。中曽根が内務省の後輩だったとはいえ、自分と考えの異なる人間を配置したというのは、今の自民党には欠けている何かである。ちゃんと批判者を官房長官に置けるというのは、度量があるということですよね。

後藤　それくらい自民党自体が複雑な組織だったということですね。

藤原　そうです。それこそ料亭に行って、細かいことを派閥で調整して政治をやっていたんだと思うんですけど。今の時代の自民党とは似て非なるものだったんじゃないかな。

後藤　それが今、ただわっと分かれたような気がしますね。旧民主党も、もともと自民党の人たちと言われればそうかもしれないし。そういう意味では、ただ社会党がなくなっただけ。

藤原　社会党の人気は土井たか子さんまでですね。「おたかさん」※4ブームのときは輝いていたけど、そこからもうだめになっちゃった。改めてこの時代の総選挙をみると、社会党、共産党の勢いがすごいなぁ。

後藤　そうですよね。活躍しているように感じます。一二八議席もあったら大きな勢力ですよね。でも今、そういう役割を担ってくれる人たちはいなくて、この時代よりもさらにまろやかになった共産党ぐらいしかいない。

藤原　共産党も、だいぶ変わりましたしね。

※3　ハト派は、平和的手段による穏健な政策をとる政治家、反対にタカ派は、武力行使を辞さず強硬な政策をとる政治家を指す。

※4　土井たか子が日本社会党党首となったことをきっかけに、一九九〇年前後、社会党優位となった一連の選挙を指す。

選挙に行けと言うのが格好悪かった時代

後藤　朝日新聞の週刊新潮の広告に、「『棄権の決心』をゆるがす『棄権が多いほど組織票が有利』」とある。棄権が多いほど組織票が有利になるのは、いつの時代も変わらない選挙の仕組みなんですね。面白いですね。変わっていないことに目がいきます。

藤原　我々の世代は、僕らの上のお兄さんたち世代がいわゆるニューアカデミズム[※5]にハマっていました。私もとても影響を受けた。軽やかで華やかに感じられました。ただ、選挙には行かない、という路線の人も少なくなかった。ニューアカは、自由だし、格好良いのですが、私には少し消費主義的に感じられてハマるまではいかなかったです。

その反動で、現在は、どちらかというと土くさい、ひねくれの少ない言論が増えている。ストレートすぎるのも問題ですが、私たちは選挙に行くって普通に言えるじゃないですか。たぶん八〇年代、九〇年代って言えなかったと思うんです。選挙に行けと言うのが格好悪かった時代。だから、政府に反対していた人たち、自民党を嫌いと言ってた人たちにも責任があると思うんです。それは朝日新聞もそう。確かに「棄権が多いほど」というのは、このあとリベラル派からも言われていくんですよね。

後藤　週刊新潮や週刊文春は、ずっと紙面に広告を打ってるんだな。今も打ってますよね。

藤原　今、週刊文春が朝日新聞よりもずっとエスタブリッシュメント（支配階級）に対して批判的ですからね。朝日新聞より良い記事を書いたりします。

後藤　当時の広告は、今よりも慎ましい印象で、週刊文春のロッキード事件にまつわる記事の見出しが「泣きの佐藤、観音の橋本、怒りの二階堂かく居直りき」だったりする。現在は芸能のスキャンダルばかり取り上げるイメージが強いですけれど。

※5　一九八〇年代の初頭、日本の人文科学、社会科学において流行した、構造主義やポスト構造主義などの学問の潮流。

現代社会の一つの湧き水

後藤　自民党の広告も、面白かったです。今とそんなに変わらないんだと思って。選挙のときに自民党だけ広告が出ますよね。

藤原　お金があるたぁ。

後藤「日本の心を…」とか。かつての安倍政権が広告を出しているんじゃないかと錯覚するような（笑）。でも、一応赤線を引いたのは、「（望まれているのは）社会的公正が保たれ、生活が保障された、連帯感あふれる自由な社会」と書いてある。これだけ読んだらいいんですけどね。「社会的公正が保たれ、生活が保障された」が今は無くなっている印象があります。

藤原　今は書けないでしょうね。

後藤　歴史認識も今よりリベラルな感じがする。最後のほうも、「自由民主党は、過ちは過ちとして反省し、困難をのりこえて、新しい党へと生まれかわります」と書いてある。ところが今は、進んで歴史修正[※6]をする人たちが集まっているように見える。

藤原　自民党に、アメリカの核の傘の中でも、まだ良識派の人がいた。ハト派とタカ派で争っていた時代ですよね。しかも党の票田が田舎にあって、一票の格差があり、田舎のほうが一票の重みがある。

私の地元の島根も、第七四代首相の竹下登を輩出した自民党王国でした。「豊かな時代の一方で、日本の良さが失われる」という訴えは、田舎暮らしの人に響いていた。まだ自民党が、今みたいに経済成長しかない、ということを言わない、そういう時代の広告やなぁと思って読んでましたね。

後藤　ここにあるのは、日本の古き良き、正しき保守というあり方。国の景観を守りながら、少しずつ自由で豊かにしていきましょうという……。

藤原　そう思っちゃいます。このときも日本をダメにしていると痛烈に批判されていた党だったと思うんですけど、あまりにも今が悪すぎるから。

後藤　このときは、選挙の結果によっては、誰が次の総裁かということも書いてある。二人候補がいて、どっちもだめなら新しい人だと。翌々年（一九七八年）の十二月二日の新聞を見たら、大平正芳《おおひらまさよし》大蔵大臣が新総裁になっていますね。

藤原　このときが福田赳夫《たけお》首相で、福田が辞めて、その後首相になった大平がすごく大事です。大平さんはリベラルな感覚も持つ国際派の人なんですけど、「大平政策研究会」を作って、たとえば山崎正和さんとか梅棹忠夫《うめさおただお》さん、高坂正堯《こうさかまさたか》さんなどの学者を巻き込みます。マルクス主義の強い学界の中で、あえて真ん中やや左からやや右側までの文化人が世に出始めるんですよ。

後藤　興味深いですね。私たちが生まれた頃の新聞を読んでみても、政治の課題や問題には現在と共通するところがある。歴史は続いているというか。

藤原　続いている。ここが現代社会へと流れていく一つの湧き水だと思います。

※６　自身のイデオロギーや政治的意図によって、歴史的事実を否定、矮小化《わいしょう》したり誇張したりすることで、これまでの歴史評価を変えようとすること。

「大企業優先、金持ち優遇」は今と同じ

藤原　このときは消費税がまだない時代ですよね。竹下登が一九八九年に消費税を導入して、その後内閣総辞職するんですけど。

後藤　朝日の社説にこんな記事があります。

大企業優先、金持ち優遇の現行税制を抜本的に改革し、これによって大衆減税を実施する、というのがこれら野党に共通した姿勢である。このため、法人税に累進制を適用することや高額所得者に対する付加税、土地増価税、富裕税などの新税構想も出ている。しかし、こうした大胆な改革を一挙に実現することができるだろうか。

（「社説　選挙戦にみる減税論議」朝日新聞、一九七六年十二月二日）

社説では、そんな税制改革が本当にできるのか？　という論調で書いてある。当時の税制の

問題についてはは、踏み込んで書いていないんだなぁと思いました。

藤原　踏み込んでほしいですね。

後藤　でもこれは、そのまま現在の税制にも言えることで。

藤原　ほんとそう。「大企業優先、金持ち優遇の」……。本質的な部分は何も変わってなかったということですね。

後藤　結局、ずっと大企業や金持ちにおもねってやってきているんですね、政治家たちは。この社説はなかなかで、「わが国は、資源、食糧を輸入し、加工製品を輸出しなければ生きてゆけない、貿易国家ないし商人国家の宿命を持っている」という断言も、どこか的外れというか。

藤原　朝日新聞がリベラルで社民的な論説を張っていた時代だけれども、今後藤さんが読んでくれたところに、すでに新自由主義へと流れそうな気配が漂っています。経済主義的なものがけっこうある。

後藤　そうなんです。やっぱり貿易重視で、国際的な枠組に入ってヒトやモノが動いていく時代に適応していけというようなにおいが確かにある。

米の消費さらに減る

一人当たり消費量（単位kg）

昭和（年度）	米	小麦	肉類	牛乳 乳製品
35	114.9	25.8	5	22.3
37	118.3	26	7.6	28.4
40	111.7	29	8.8	37.4
41	105.8	31.3	9.8	41.7
42	103.4	31.6	10.3	43.3
43	100.2	31.3	10.3	45.2
44	97.1	31.3	11.7	47.3
45	95.1	30.8	12.7	50.1
46	93.1	30.9	14.5	50.7
47	91.5	30.8	15.4	51.7
48	90.8	30.9	16.2	52.6
49	89.7	31.1	16.2	51.8
50	88.1	31.5	16.8	53.3

※新聞記事に掲載されているデータをもとに作表

後藤　この「米の消費さらに減る」も気になります。

米の消費拡大運動がテレビのCMなどでさかんだが、「国民一人が食べる米の量は五十年度で年間八八・一キロと、前年より一・六キロも減った」という農林省の調査結果がまとまった。

この調査は、同省が毎年、国連食糧農業機関（FAO）に報告するために実施しているが、米離れ傾向はここ十年以上、続いており、しかも落差が大きい。

（「米の消費さらに減る」朝日新聞、一九七六年十二月二日）

藤原　僕もこの話をしたかったんです。減っているんですよね。これめっちゃ大事だと思います。

後藤　小麦が増えてきている。

藤原　一人当たりの消費量ですね。日本は一九六一年の農業基本法で、国内での小麦生産の縮小へと舵《かじ》を切ります。だからこの頃増えているのは国産の小麦じゃないんですよね。日本ってもともと小麦を作れる国だったんですけど、一九五〇年代から外国産がたくさん入ってきます。増えているのは小麦だけではありません。肉も増えて、乳製品も増えている。

後藤　米はちょっとずつ減ってきているんですね。

藤原　みんなオーストラリアやカナダやアメリカからの輸入小麦で作られたパンやパスタ、うどんやラーメンを食べるようになって。

後藤　子どもの頃は、今ほどは家で麺類を食べなかったですけどね。

藤原　米の話もそうですけど、一九八〇年代には、牛肉とオレンジの関税を下げよという圧力がアメリカから出てきた。ガット[※7]のウルグアイラウンド交渉ですね。私は小学生でしたが、「ウルグアイ」という言葉の記憶が残っています。農作物の「自由化」で農村の力がさらになくなっていく時代ですよね。その萌芽が七〇年代に見事に出ている。

※7　一九四七年に署名された「関税及び貿易に関する一般協定」(General Agreement on Tariffs and Trade) の略称。

物質文化、広告の時代に生まれて

電卓を年間四〇〇〇万台作ってどうする？

後藤　紙面を見るに意外と、十分に物があったんだなということも思います。「日本は物を売るばかりで、買わなすぎる」と、当時の欧州共同体（ＥＣ）から要請されているけど、消費については、もう需要に対して供給が溢れていたんじゃないかな。

藤原　経済史の友人たちに聞くと、七〇年代から八〇年代が圧倒的な時代の変わり目だと言います。サッチャーが首相になったのが七九年、中曽根が八二年かな。いわゆる新自由主義が始まるんですけど、その頃からやっぱり金利がゆっくりと下がり続けているんですね。金利が下がっているということは、いろいろな理由があるけれど、その友人は端的にお金を借りてでもお金を欲しがる人が減っているということだと言っていました。商品もやっぱりそういうふうに飽和状態になっているのでしょうね。

後藤　金利が下がっているということは、十分物質的に豊かという証拠なんだと言いますよね。当時から今に至るまでの「モノ余り」の流れは始まっていることが感じられます。朝日新聞に、こういう記事がありました。

数量景気の中をばく進し、足踏みさえなかった電卓の生産に、はっきりとかげりの色が出てきた。（略）爆発的に売れた個人用の標準電卓の売れ行きが鈍ってきたのが原因だ。メーカーは「量から質へ」と方向転換をはかっている。

（「電卓生産にかげり」朝日新聞、一九七六年十二月二日）

藤原　ゴッチさんが線引くところは面白いなぁ。ほんまや。

後藤　「昨年の（電卓）生産は三千四万台」と書いてあります。「今年も日本事務機械工業会では約四千五百万台と大幅増を見込んでいた」けれど、「今年の生産量は四千百万台前後」。でもそれって、働く人一人が一年に一台電卓を買わないといけないような数ですよね。

藤原　私の実家が奥出雲なんですけど、雲州そろばんの産地なんですよ。昔からそろばんを作り続けてきた職人たちがたくさんいて。で、やっぱり、電卓にやられちゃうんですね。昔は、会社の会計係ってみんなそろばんを弾いていたんですけどね。

後藤　授業で習いましたね、そろばん。

——今ちょっと見たら、一九七五年の日本の人口が約一億一一〇〇万人。一九八〇年で、約一億一六〇〇万人。

藤原　あ、もうほぼ飽和なんだ。

後藤　だから国内メーカーは最後の手で、多機能化を目指すんですよね。「多機能の電卓やファッション性の強い電卓」……。

藤原　ははは（笑）。おんなじことやってる。そのままスマホに当てはまりますね。

後藤　だからもう、ここに「計画的陳腐化《ちんぷか》」※8の芽があるんじゃないですかね（笑）。電卓なんかを年間四〇〇〇万台も作ったらやばいということを、経営している人たちはわからなかったのかな？

藤原　ほんまやね。

後藤　一人一台持ったら、はいそれまでよ、というビジネスじゃないですか、結局。そうなるとやっぱり、壊れやすい電卓を作っていかないと。

藤原　壊れやすい電卓（笑）。

後藤　もう消費するものになっていかないと無理ですね。藤原さんの本（『分解の哲学――腐敗と発酵をめぐる思考』青土社、二〇一九年）を読んだら、修理の話が出てくるじゃないですか。修理できる電卓は考えていないんじゃないですかね。

藤原　考えてないでしょうねぇ。

※8　使用中にわざと質を落とすようにあらかじめ設計し、新しい世代の製品を買わせる手法のこと。『分解の哲学』に詳しい。

提供：本田技研工業株式会社

広告は論じるべき課題

後藤　紙面を読んでいると、広告が興味深いんです。

藤原　広告だけでもいろいろと語れますね。

後藤　文化的な資料だと思います。朝日新聞の、青春出版社の広告『ペットなんでも秘訣集』。「カマボコの板で鳥の餌箱を作る」「スズムシは洋式便所でも飼える」とか、ええ!?　どういうことだろうみたいな（笑）。「虚弱な子犬は湯タンポで乾かす」。全然想像がつかないですね。

藤原　監修者の肩書き、上野動物園飼育課ですもんね。

後藤　そういうところに興味持っちゃいけないんだけど（笑）。

藤原　いや、大事です。私の修士論文の突破口は、同時代のドイツの広告にすごいトラクターが載っていて、そこから始まったんですよ。だから、新聞広告は論じるべき歴史学的課題です。

後藤　あとは、このシビックめっちゃかっこいいんですよね。僕の実家、シビックだったんですよ。これに乗ってた。

藤原　ホンダのシビックだ。

後藤　この時代のシビックにすごい愛着を感じるのは、車はまだそういうところがあると思うんですけど、みんな直しながら乗るじゃないですか。

藤原　まだみんなスパナを持ってましたもんね。

後藤　電卓とは真逆の向きですね。技術の結集したものには、まだ人の力が絶対に必要で。八四万七千円でこの車が今買えるなら、欲しいです（笑）。

藤原　服や車もひとまわりして、今持っていたらかっこいいですよね。

冷蔵庫と世界大戦

後藤　産経新聞の広告、東芝の「北斗星」の冷蔵庫。当時はこれが最先端だったんですね。一三万九八〇〇円もしますもん。車が約八〇～九〇万円なので、当時としては相当高級ですね。

――「なごり惜しい秋の香り。とっておきませんか、お正月まで。」

藤原　なるほど、秋の香りを。このコピーいいですね。ぎんなんも、れんこんも、しめじごはんも……サバの酢じめまで。

後藤　サバと聞いたら、酢じめではなく、僕らはお皿に載った切り身のほうを想像しますよね。

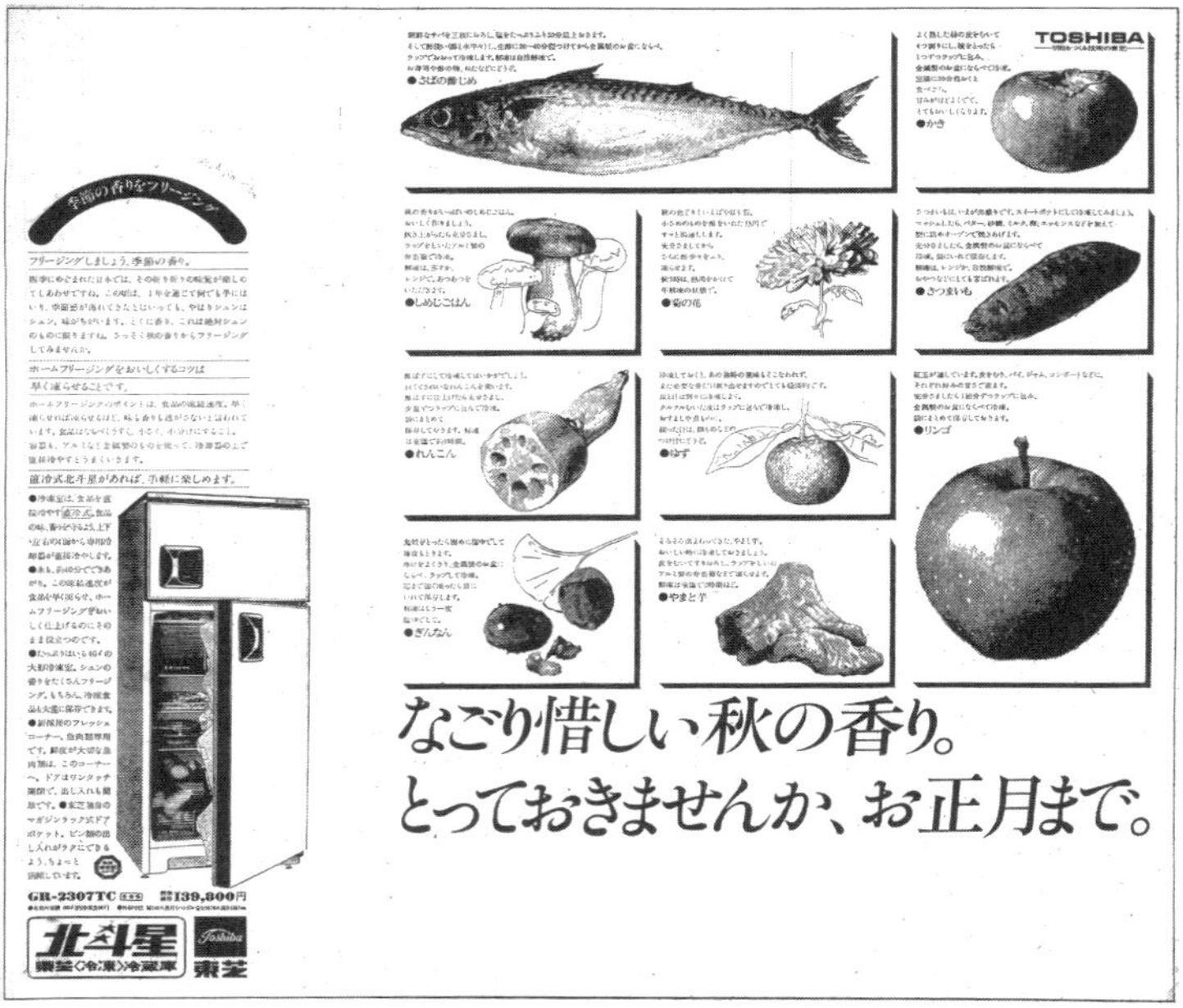

藤原　なんでサバ一尾やねん。あっそうか、自分たちでまだサバをさばけた時代なんだ。今はそんな技も衰えている。

後藤　たぶん魚売りもいたんじゃないですか。そう考えると味わい深いですね。

――冷蔵庫の広告なのに食べ方が書いてありますね。

後藤　しめじごはん、僕ちょっとやってみたくなりました。

藤原　私、「一九六〇年代の研究」という職場の研究班で、雪印乳業の広告を分析したことがあるんですけど、日本の文化に深く根付いていない乳製品をおかずに入れるために、欧米型のライフスタイルも一緒に提案するような広告を作るんです。たとえば、グラタンにチーズを入れましょうとか。

後藤　僕は、この広告を藤原さんの『縁食論――孤食と共食のあいだ』（ミシマ社、二〇二〇年）に関わりがあると思って読みました。冷蔵庫は、食のあり方だけでなく、家族のあり方とも関係している。こんなに細かく使い方について書くということは、たぶん冷凍保存が、まだ当たり前じゃなかった時代で。

藤原　『冷たいおいしさの誕生――日本冷蔵庫１００年』（論創社、二〇〇五年）という本があります。佛教大学（現在）の村瀬敬子さんがお書きになっているんですけど、すごく面白い。冷蔵庫は明治時代からあって、でもそれは、どこかの山から氷を切ってきて、氷室《ひむろ》みたいなところにおがくずを詰めて冷やしていたんです。

それがどんどん変わっていって、いわゆる電気型の冷蔵庫が出てくるのは、世界的には一九二〇年代にアメリカのＧＥ（General Electric）が成功してから。アメリカは冷蔵庫を量産できたから、第二次世界大戦で勝てたんです。ドイツは、ナチスも「民衆冷蔵庫＝フォルクスキュールシュランク（Volkskühlschrank）」といって、「フォルクスワーゲン」の冷蔵庫バージョンで、民衆でも買える冷蔵庫を開発しようとするんですけど、失敗した。結局、冷蔵庫の戦争ではアメリカがドイツに圧勝した。

やっぱり食料をちゃんと保存できたというのが、戦争を遂行するためにも大きかったんですね。ドイツと日本は、一九六〇年代から始まる高度経済成長でようやく量産型冷蔵庫が出てきているので、アメリカからは三十年くらい、一世代遅れているんですよ。当時の冷蔵庫がこんなに高いのは、本当にびっくりしました。

後藤　これは絶対に最新式ですよね。

藤原　かっこいいやつだったと思いますよ。みんな欲しかったと思う。

何もかもが電気に変わり始めた時代

後藤　その時代の普通の家の冷蔵庫がどんなだったか、思い出せないなぁ。テレビは、家にあったのはおじいちゃんの家からもらってきたやつで。チャンネルがカチカチカチカチというダイヤルで。

藤原　そうですよね、私もそれだった。

後藤　そのうち、ボタンを押したらチャンネルが割り当てられるようになって、映りも良くなって、調子が悪いときに叩かなくてよくなっていくという（笑）。

藤原　うちも叩いてました、テレビの横のあたりをバンバンって（笑）。

後藤　その頃は、歌番組の音楽を録るのにラジカセをテレビの前に持っていって、有線じゃなくてラジカセ内蔵のマイクで、少年隊とか、テレビからの音を録っていた。で、近所のおじさんが突然遊びに来て音が入ってしまう（笑）。

藤原　そうだ、僕らの小さい頃は、少年隊の時代やわ。我々はラジカセ世代で、ソニーのウォークマンが出たのが僕らが幼稚園ぐらいですが、いつ頃からそういう機器をゲットされていました？

後藤　僕が中学に上がる頃か小六ぐらいに、お父さんが会社の忘年会でアイワのＣＤラジカセを当ててきたんですよ。ダブルカセット。あのときはほんと、ヒーローですよ。それで初めて買ってもらったのが、ブルーハーツのシングルＣＤで。

藤原　ああ、ブルーハーツからですか。懐かしい。毎日新聞の家電の広告は、東芝の電気オーブンと、電子保温釜とオーブントースター。やっぱり「こういう料理を作れますよ」というのを教えてあげるクッキングカード※9を一緒に売っていますね。

後藤　家電の進化のスピードは、広告を見ているとめざましいですよね。何もかも電気に変わり始めている。普通に暮らしている身としても、豊かになっていく実感があった気がしますけどね。実家の家電がちょっとずつ良くなっていった。

藤原　ゴッチさんがちゃんと見られたように、エネルギーってすごく大事で、三池闘争※10が六〇年代で終わっているので、七〇年代って社会の摩擦が減って、少しツルツルした世界だと思うんですよ。学園闘争も終わって、労使のものすごい対決も終わって、炭鉱が廃《すた》れまくっている時代にこれらの広告が出てきている。やっぱりエネルギーのことはちゃんと語りたいです。

※9　記事には「オーブン料理が手軽に楽しめる『30種類の料理カード』」とある。
※10　一九五九〜六〇年に、福岡県から熊本県にかけて広がる三井三池炭鉱で、大量人員整理に反対して起きた労働闘争。

白物家電のツルツルと七〇年代のツルツル

藤原　この東芝のオーブントースターの広告の上には、瀬戸内晴美（寂聴）の新聞小説も載っていますね。たぶんこれ、昼メロ小説です。

――この時代は、やっぱりちょっとしたところに戦争の話がありますね。「父は、戦死しましたし、母は空襲で死にました」と。小説の中でも戦争が近い。

藤原　それ大事な話かもしれません。七六年ってまだ戦争のにおいがする。濃いにおいが。我々の生まれたときって、まだ五十歳くらいの人が終戦時に二十歳だった時代。やっぱり自民党の広告がそこにつながってきますね。

後藤　そういうおじいちゃんとかがまだ近くにいて、戦時中の話を聞けたり。お父さんの実家に行ったら、戦争で亡くなった先祖や家族の軍服の遺影がちゃんと飾ってあって。

藤原　私のおじいちゃんのお兄さんが太平洋で戦死して靖国神社に祀《まつ》られているので、靖国神社の写真と昭和天皇・皇后の写真とお兄さんの写真が飾ってありました。だから、ある意味セットなんです。そのお兄さんはうちのおばあちゃんと結婚する予定だったんですよ。だけど戦死したので、その弟と結婚してうちの父親が生まれている。私は戦争がなければ生まれてなかった。そういうのがまだ我々にはぎりぎりありますね。ゴッチさんのお父さんは、戦争を経験されていないですよね？

後藤　うちの父親は戦後生まれですね。

藤原　私もそうです。うちの父は一九四八年生まれなんですよ。

後藤　でも、当時父親が育った環境や、昔の農家の暮らしを聞くと、今みたいに豊かではなかった。川で鯉《こい》をとってきて、学校から帰ってきたらもう食べられちゃってた、みたいなことを言っていて。バナナはいかにおいしくて貴重なものだったかという話を聞いた気がする。その時代の貧しさについての話を聞くと、感覚が今と違いますね。

藤原　今の子どもたちのお父さんお母さんが我々の世代なので。

後藤　学校の先生も、カラーテレビが点《つ》いたときの話を授業でしてくれたり。物質的にどんどん豊かになる時代の、入口だったたという感じがします。

藤原　すごく変な日本語で申し訳ないんですけど、先ほども少し言ったように、七〇年代ってツルツルしてくる時代だと思うんです。とっかかりがなくなってくるというか。物質によって自分たちの次の世代を夢見るということが始まってきている。オイルショックが終わって、新しい冷蔵庫やトースターが夢を見させてくれるけど、そこにはそもそも社会変革の夢はない。

京都大学人文科学研究所の同僚に岡田暁生《あけお》さんという音楽学の専門家がいますが、彼は、七〇年代をイメージするならば、見るべきものはスタンリー・キューブリック監督の『二〇〇一年宇宙の旅』（一九六八年）だと言います。真っ白くてツルツルしている世界。私にはあのツルツルの摩擦の少ない世界が、消費社会の象徴のように見えます。いわゆる白物家電のツルツルのように。

後藤　紙面に載っているのは家庭用で、家族でシェアするものですけど、この先、家電はどんどん個人用になっていく。音楽も、ラジカセや、お父さんたちがみんな持っていたスピーカーやレコードプレイヤーだったりしたのが、今では個人用のプレイヤー、スマートフォンに置き換わっている。音楽ってカーステレオとかを含めて、わりとみんなで聴く、茶の間で聴くものでもあったんだけど、今はもうそういう機会は少ないですよね。ヘッドホンやイヤホンありきというか。

日本近代の急所を歩く

地震と洪水の歴史

後藤　美浜原発（福井県三方郡）の三号機が稼働したという記事にも線を引きました。

藤原　静岡のあたりの地震の話もありましたよね。後藤さんに聞きたいなと思っていました。

後藤　東海地震が発生した場合は川沿いも大変で、富士川・天竜川沿いでは、「地震道」[※11]が長野や山梨にものびていますよという話がありましたよね。

藤原　太平洋側の出身の友人たちは地震への警戒心が強いですけれど、私は島根県で地震が比較的少ないので、やっぱり太平洋側に生きている人たちは全然違うなと思っています。

後藤　でも、よくそんなところに浜岡原発をつくったなという話ですよね。

藤原　そういう話です。

後藤　「古文書に生々しい記録」とも書かれていますが、あんまり地元の地震に関する古文書は読んだことがなくて、あるんだったら読んでみたいと思いました。洪水の歴史みたいな伝承は、多いんですけど。

藤原　洪水はやっぱり大変でしたか？

後藤　島田は大井川が暴れ川で、江戸時代は橋を掛けなかったそうです。川越人足《かわごしにんそく》（人力で川渡しをする専門集団）がいて、宿場町として栄えた歴史があります。地域学習として、治水の歴史を学ぶんですよ。たとえば、サイフォンみたいな方式で、川の底を通して対岸まで水を引っぱったり。水道橋という水が渡る橋があったり。

　そういう農業の技術って、パッてできたものじゃなくて、ものすごい歴史の積み重ねですよね。だから震災の津波で農地や水路が埋まってしまったのは、額面以上の被害だと思う。宮城や福島の沿岸部などでは、すごい干拓をやってきたはずで。放射能の問題も含めてですけど、そういう歴史ある農地をそのまま放棄せよというのはひどい話です。

　そんな見方をするのは、川の授業をいっぱい受けてきたからかもしれません。いかに治水が難しいか。大井川があんなに河原を広くとっているのは、やっぱり知恵ですよね。ほとんど砂利ですけど、数百メートルはありますからね。

藤原　新幹線で通っていても、長く感じますよね。

後藤　それは、静岡県に洪水の歴史があるからですね。大阪もそうですが、川べりいっぱい、堤防いっぱいまで水があって、そのすぐ脇に人が住んでいるのって、僕の目から見ると怖いんですよ。

※11　記事によれば、「震源からかなり離れているのに大揺れの激震に襲われる」エリア。

基地も原発も圧倒的に遠いところにある

後藤　毎日新聞の「家庭」の欄には「公害新手帳」という連載があります。産業廃棄物のことが書いてある。産経新聞の三面にも環境保全の記事があって、瀬戸内海にどれくらい汚水を流していいかのルールで揉《も》めている。これ以上の埋め立てを止めるか否かという論争があったり、公害に対する意識があるんだなと思って。

藤原　喘息《ぜんそく》をはじめとして、やっぱり「公害」という言葉がやっとこのあたりで根づき始めているんだと思いました。読売新聞に「悲痛な叫び　忘れられた争点」とある。

今度の選挙は、ロッキード事件を契機とした政界浄化を中心課題に、各党とも物価・減税、景気・雇用、農業・中小企業、福祉、教育など盛りだくさんの公約を掲げて争っている。だが、四年前の中心課題だった公害や開発問題などは〝忘れ去られた争点〟になってしまった。こんな重大な問題が、わずか四年の間に簡単に片付いているはずがないし、現に関係者は、真剣に解決を訴え続けている。これは、そうした有権者の内側に入ってまとめたレポートである。

（「悲痛な叫び　忘れられた争点」読売新聞、一九七六年十二月二日）

四年前の総選挙では中心課題だった公害や開発問題が、このときの選挙では、票にならないからと候補者たちに避けられている。原発の話が出てきているので、これは後藤さんと話したいなと思っていました。

後藤　一番最後に「未来のエネルギー」と出ている。

藤原　柏崎と福井で建設中の原発について触れられていますね。この記事で触れられている公害については、一九五〇年代末から四日市の喘息が問題化し、川崎の大気汚染は戦時中からみられました。イタイイタイ病も一九五〇年代半ばから社会問題化します。イタイイタイ病の原因企業は三井金属鉱業ですから、旧財閥系の鉱山のカドミウム汚染が原因です。

あとは、美しい風景で有名な青森県の下北半島にある六ヶ所村についても触れられていますね。六ヶ所村は、本当に日本近代を象徴していると思っています。ここは、国策として入植した満洲から帰ってきた人たちが、故郷に戻ってもすでに土地がないので再入植した場所の一つですね。地味《ちみ》も悪い場所だったんですけど、日本の農政がいろんな仕掛けをしてくる。たとえば、旧上弥栄村では甜菜《てんさい》を作ろう、という指導がなされました。それが失敗し、コロコロと指示が変わっているうちに、再処理工場の話が入ってくる。

後藤　もともとは農地だったんですね？

藤原　農地で、再入植先だったんです。そのあと、陸奥《むつ》湾のあたりが自衛隊基地で一気に買い取られていく。いわゆる軍事的な開発がここで進められていき、その上で再処理施設の話が出てくる。

後藤　陸奥の開発が列島改造論の目玉だって書いてありますもんね。結果、原発銀座になっていくわけですね。

藤原　いつか後藤さんと行ってみたいですね、六ヶ所村。

後藤　昔、僕は一度、ツアー中に行きました。六ヶ所村のあたりに行くと道が突然広くなるんです。車線も増えたような記憶がある。明らかに雰囲気が違う。青森の市街地から何時間もかかるような場所に、周辺とはかけ離れた規模感のものが急に立ち上がる。お金が落ちている感じがする。遠かったですよ。青森県までがそもそも遠いというのもありますけど。

藤原　そうか、行ってるんだ。

後藤　二〇一〇年くらいに、当時はよくわかっていなかったんですけど、「大人の社会科見学」と自分で言って、ツアーの移動日にやっていたんです。沖縄の基地もめぐりました。辺野古《へのこ》や普天間《ふてんま》、嘉手納《かでな》にも。嘉手納みたいな、東アジアでは一番大きい軍事空港があるのに、どうして普天間が必要なのかがよくわからない。カーナビの地図を見ながら移動していたんですけど、沖縄の多くの土地に表示がグレーの地域があるんです。

藤原　そうでしたそうでした。

後藤　そういう構造の問題が前提にある。だから、僕が辺野古の住民だとしたら、もともとアメリカに取り上げられている土地に滑走路ができることについて、外から人が入ってきて騒ぎになっちゃってるけど、どういうことなんだろうなと思うかもしれない。まずは前提にある負担を解消してくれよと。

地元の人から、活動家たちが入ってきて問題がややこしくなったみたいな話も聞いたし、沖に出ていけば出ていくほどゼネコンにお金が入って、地元にお金が落ちない構造があるという話も聞いて、なんとも言えない気持ちになりました。数年前にも立ち寄って、埋め立てられる辺野古を眺めました。あのときよりいくらか問題への理解は深まりましたけど、複雑な方法で引き裂かれるような気持ちになりますね。

あと、エネルギーのことに興味があったので軍艦島（長崎県の端島）にも行きました。こうやって炭鉱の町は打ち捨てられるんだと思った。かつては東洋で一番明るい、煌々《こうこう》と光が灯っていた不夜城というか、岩礁をコンクリートで盛り上げた人工の島ですよね。時々奥で「バターン」とビルが崩れる音が鳴るんです。ゆっくりと静かに朽《く》ちていっている。象徴的な場所だなと思いました。その足で上関《かみのせき》原発の建設予定地（山口県熊毛郡）も見に行ったんですけど、そういう意味ではつながっているなと。

藤原　確かに。

後藤　徹底的に、僻地《へきち》と言ったら失礼ですけど、市街地から行くのに時間がかかる場所に、基地もあれば原発もあるし、炭鉱もある。その圧倒的な距離に驚いた。自分たちの暮らしからどれほど遠いところにそういう施設が建てられているのか。

僕たちは、火葬場やゴミ処理場一つとっても新設するのが難しいくらい、こんがらがった社会を生きているじゃないですか。住民の同意を得るのがいかに難しいか。そういう施設を、ほとんど住民もいないようなところに、金で横っ面《つら》ひっぱたいて建てている。

これは、もう身体を使って感じないと、地図だけ見て言ってもだめだという思いがあった。僕のバンドのメンバーは誰も行かなかったんですけど。

藤原　フジファブリックというバンドのキーボードの金澤ダイスケくんが付き合ってくれて。

後藤　それ、ライブもある中で合間を縫ってですよね。

藤原　移動して一日現地オフっていうのが時々あるので。

現場を歩くミュージシャンと文献野郎

藤原　そうやって後藤さんが回っているところは、ことごとく日本近代史の急所ですね。

後藤　そうなんです。六ヶ所村でも、この原子炉はいかに安全かということを、ものすごく丁寧に説明してくれる。でも、安全性を強調されればされるほど、危うい気持ちになる。「中に入ってるものはまずいけど、ミサイルが飛んでこようが、飛行機が落ちようが漏れません」みたいな話だから。

そうしたフィールドワークの経験がそのまま、民俗学への興味に結びつきました。それは震災の被害をどうやって防ぐのかという話にもつながります。資料館の情報などが共有されているコミュニティだとみんな逃げられていたりするんですよね。民俗史って、めちゃくちゃ大事だなと思った。こんがらがった興味なんですけどね。平凡社の『日本残酷物語』（平凡社ライブラリー、一九九五年）を全巻買って読んだのが民俗学への入り口で。レコーディングの待ち時間があまりに暇で、ブルシット化するときがあって。

藤原　ブルシット化（笑）。

後藤　それぞれのメンバーのレコーディングのときに、拘束されているのに口出しできない時間があるんですよ。そういうときは三省堂とか有隣堂に行って、本を買ってきて読んでいたんです。

藤原　ああやっぱり。読書の時間があるという感じがします、後藤さんの本を読んでいると。

後藤　「俺の知ってた日本史と違う！」と思って、次は網野善彦《あみのよしひこ》さんの本を買って、「あれ、さらに違う！」と。だから、新聞を読むときもそういう視点で読んでしまう。そういうことを研究されているのが藤原さんだと思うので、ここ何年かは素敵な出会いがたくさんあって。赤坂《あかさか》憲雄《のりお》さんのお話を聞く機会があったり。僕、東北行脚に連れて行ってもらったんですよ。

藤原　赤坂さんに⁉

後藤　釜石あたりに行くときについていって。「民俗学者なのに酒飲めないんだよ、僕」「まじですか⁉」みたいな感じで。
藤原　赤坂さんは私も往復書簡をして『言葉をもみほぐす』（岩波書店、二〇二一年）という本に結実しましたが、酒を飲まないのに話を聞くのがうまいんですよ。どこか、そのうち歩きたいですね。私の本質はやっぱり文献野郎で。現場の空気を感じられていないんです。
後藤　実際に行ってみるのはとてもいいと思いますよ。上関原発の向かいの祝島《いわいしま》とか。
藤原　祝島[※12]のたたかい、今すごいですよね。
後藤　いとうせいこうさんと二人で取材旅行へ行って、民宿に泊まって。夕方のデモで一緒に歩きました。有名人が来ると公民館を借りて、島民が集まって余興をやらされるので、それは覚悟しておいたほうがいいです。
藤原　ははは（笑）。
後藤　僕は確か、ギターで何曲か歌わされて（笑）。
藤原　ゴージャスだな、それ。我々にとっては最高の時間ですよ。
後藤　いとうせいこうさんは僕の伴奏でラップをしました（笑）。
藤原　そんなの嬉しすぎるわ。元気出ますよ。
後藤　しょうがないから民宿で二人でリハをしてから公民館に行って。
藤原　あははは（笑）。さすがや。

後藤　でもそういうのいいですよね。

藤原　良い。素晴らしいと思う。そういえば、後藤さんに買っていただいた、京都市の女性たちが作っている自治を考える雑誌『NEKKO』の方々を含めて、私が関わっている人たちも、私がしゃべったことのお礼にみんなで手作りの料理をいただくことがあります。そういうふうに芸で交換できるっていうのはいいですね。

後藤　モノと技の交換ですね。行ってみると思ってたのと違うっていうのは絶対あるから、現場に行くのはいいことですよね。

※12　一九八二年に明らかとなった中国電力の山口県上関原発設置計画に対し、対岸の祝島島民が中心となって起こった反対運動。

公害への意識とゴミ増加の矛盾

後藤　「完全無公害　焼却装置　BURPON（バーポン）」。日経新聞に焼却炉の広告が載っていますね。「廃油・廃プラスチック　その他廃棄物全般」。当時は、田舎だったらどこかの家の軒先《のきさき》でゴミを燃やしてましたけどね。

藤原　そうですよね、燃やしてた。

後藤　でもうちの父親は、焼却炉にビニールを入れると怒りました。黒い煙が有害だからって。

藤原　出雲市にいたときは県職員宿舎に住んでいましたが、そこにも焼却炉が置いてあって、みんな普通に燃やしていました。大人が焼却炉でゴミを燃やしているときに、私も友だちと中に何かを入れて遊んでいました。

後藤　学校にもありましたよね、焼却炉。テストとか、紙の資料も焼いてたんでしょうね。

藤原　今は、そういうのは無理でしょうね。炎を見なくなったよなぁ。

後藤　でも、紙は再生紙にしたほうがいいですもんね。そういうのはやっぱり変わったんだなぁ。自分たちの生活の周りにあるもの、食の周りでも、音楽の周りでも、そういうものの広告や些細な記事が、自分たちの物質文化のありようを表していたりしますね。興味があるのは、どのあたりで、ものがどんどんゴミになっていくことを許容していったのか。

藤原　ここまで食べ物を捨てる社会に、どうしてなってしまったのか。

後藤　すごく不思議なのが、公害への興味というのは七〇年代に高まっているし、このあとも高まり続けている。公害のニュースもよく見かけたんだけど、でもそれって、ゴミが増えていくのを受け入れることとは矛盾している気がしますよね。

藤原　そう思いますね。その問題と切り離されているんじゃないかな。つまり、公害というのが、その悲惨さとは必ずしも接続しないかたちの、一つの劇場になってしまっている。四大公害を学ばなきゃいけないというのはある程度わかっていて、そこに人々の関心は向かう。ただ、本当はゴミ問題のように暮らしに根ざした問題も、四大公害と密接に関わっていて大事なのに、ちょっと違う脈絡になってしまうと、そこには関心を抱かない。

燃やされて見えなくなるゴミ問題

後藤　このあと九〇年代くらいにダイオキシンの問題が出てきますよね。ゴミを捨てて燃やすことによって生まれるものです。公害を減らしつつも、また新しい公害が生まれている。で、今やダイオキシンの問題に対しては、ゴミを高温で燃やせばいいということがわかった。次はマイクロプラスチックという新しい問題が出てきている。

藤原　たぶん、環境運動がこの時期から盛んになってくるのはそのとおりで、そういう人たちにとってはゴミはリアルなテーマでした。ゴミをどんどん捨てて海を埋め立てたりしているので、もっと新聞に出てきていていいと思うんですけど。

後藤　「夢の島」とか。社会の教科書には絶対載ってたもんな。すごい皮肉なのか、悪夢なのか。ドリームじゃなくて、ほとんどナイトメア。

藤原　ゴミでできた場所って、たとえばジョン・F・ケネディ国際空港もそうですよね。ゴミで沼地を埋め立てて造られたんじゃないかな。私の記憶にあるのは、テレビドラマの『北の国から』。吉岡秀隆扮《ふん》する純くんが富良野でゴミ処理の仕事をするんです。たしか、純くんが、ゴミの山に捨てられている家具を拾って持って帰り、修理して、自分のボロい部屋を立派に飾っていました。あれがすごく印象に残ってます。

後藤　ゴミの問題を解決しようという機運が一切ないですよね。リサイクルという提案もあるけど、名ばかりな感じがする。

藤原　今ですか？　ないですね。

後藤　ないですよね。食べ物もどんどん小分けにされて、過剰包装されているわけだし。自分の家のゴミの出方を見ると、うちでこんなに出るんだからこれが何万世帯分もあったらどうなるのみたいな。

藤原　たぶん大きな問題は焼却所で、日本の焼却所の数は全世界の半分以上を占めるんですって。だから、食べ物も、水を含んでいる物も、全部火を使って燃やしている。それには重油を使わなきゃいけないので、結局エネルギーの問題になってしまう。それでけっこう見えなくなるというか、ああ綺麗に燃えちゃった、という感じになっているんですよね。

後藤　しかも、燃やした熱が再利用されているかというとそうでもない。佐賀に、めちゃくちゃ先進的なゴミ処理場があって（佐賀市清掃工場）、いつか行ってみたいんですけど。藻《も》の栽培を始めて、二酸化炭素を吸収させようとしていて、さらにそこでバイオエネルギーを作ろうとしているはず。僕の友だちが研修で行って、めちゃくちゃ進んでいるって大絶賛してました。燃やした分を吸収しようということに取り組んでいる。

ゴミをエネルギーに変える

後藤　以前に「The Future Times」にも載せたんですけど、産廃としての食品残渣《ざんさ》がいっぱいあって、そこからメタンガスを作る取り組みも素晴らしいなと思いました。ちょっと形が違うだけで捨てられる食品や残飯、スターバックスのチョコバーとかの廃品が山積みになっていて。それを微生物に食べさせてガス化させて、残ったものも上手に処理すれば液体肥料になるらしくて。いろいろな場所に水平展開できるそうです。

静岡って食品工場が多くて、化粧品とか製薬会社からも有機廃棄物が出るらしいんですよね。たとえば、薬のカプセルには豚のゼラチンが使われている。そういうのも含めて、とんでもない量のゴミを捨てているんだなということを実感するんですよ。

あと、排泄物もまだ全然利用できるはずで。神戸市が、大阪ガスと一緒にバイオガスをやっている。汚泥から作ったガスでバスを走らせていて、かなり先進的です。震災が発端で、下水処理場が使えなくなって、運河に下水を溜めていたそうなんです。それで新設するときに、汚泥処理の問題を解決するためにバイオガスの設備を作っていったと。すごくいいなと思って。

ゴミとして捨てられるエネルギーをとにかく全部別のエネルギーに変えていく。僕が住んでいるマンションは、生ゴミはディスポーザーで流しているので、下水処理場が回収しているはずです。それがどう使われているかはわからないですけど、肥料にまわっていったりするという。神戸の下水処理場は、確か汚泥からメタンガスを作って軽量化して、そこからリンを回収して肥料にしているところがあるんじゃなかったかな。

藤原　そうですか。

後藤　僕が取材した十年前だと、神戸はスイーツから出るゴミもめちゃくちゃあるんだと。それを使って何かできないかということをこれからやると言っていました。震災の経験からそういうふうに舵を切っているところがすごいし、自治体の取り組みって大きいんだなと。ミュニシパリズム（地域に根付いた自治的な民主主義や合意形成を重視する考え方や取り組み）も関係していて、自治体の管轄でできることってけっこうある。下水道もそうですしね。

藤原　国だと動けないんですよね、規模が大きすぎて。エネルギーやゴミの問題は、自治体ぐらいのほうが新しいことがやりやすい。

後藤　面白いことをしている自治体も興味ありますよね。見に行ってみたい。庶民の暮らしは民俗史として、権力の側が残す正史に抗うようなあり方だから、民俗学でやれることってたくさんある。

藤原　ありますあります。過去のいろいろなことも教えてくれるし。

私たちの時代の問題をクリシェを使わない方法で

七六年は our age

後藤　自分の生まれた年の新聞を一気に読むのはすごくいい経験でした。

藤原　この時代に生まれていたんだということが。どうですか、わりあい近かったですか、遠かったですか、一九七六年十二月二日って。

後藤　構造自体は全然変わっていないんだなということを思いました。

藤原　ね！

後藤　問題自体はずっと同じで、保留というか先延ばしされているだけなんだという。

藤原　私も、わりあい現在の私の頭に存在する枠組を変えなくても読める記事が多くて、驚きましたね。もっと異世界かなと思っていましたけど。私は戦前の新聞を読むのが仕事なので、それはけっこう読むんですけど、そっちのほうが異世界な感じが強い。

後藤　ああ、戦前までいくと異世界なんですね。

藤原　やっぱり七六年って、our age だなと思いましたね。

後藤　そうですね、全然地続きですね。まったく関係ないことが載っていない感じがします。問題になっていることも同じだし。ただ先送りし続けられているだけな気がするので。これを我々の年齢と同じだけ、四〜五十年先送りしてるんでしょうね。日本の政治が半世紀停滞しているといっても過言ではない。

闘っている人がいた

藤原　闘っている人たちもちゃんといたことがわかって勇気が湧きました。小さな記事ですけど、朝日新聞に、「公害原論」の講座の案内が載っています。「ただ今募集中」という枠で、「台所の化学物質―合成洗剤―あなたは危険性を知っていますか」と題して、東京大学本郷の工学部八号館で、「公開自主講座・公害原論」があると。

　ここからけっこういろいろなことがわかるんですけど、「台所の化学物質」、これは、この前後に有吉佐和子の『複合汚染』（新潮社、一九七五年）が出ているので、その影響がたぶんあって。なぜこれが東大工学部かというと、工学部助手の宇《う》井《い》純《じゅん》が「公害原論」という自主講座を開く時代なんですよ。東大全体が国家や企業に加担するばかりの大学に成り下がっているという批判を胸に、市民に向けた学問の開き方をしていた。『公害原論』だけで六冊本が出ているんですけど、宇井純は、日本における環境問題の反体制の象徴のようになっていくんですね。この『公害原論』（亜紀書房、一九七一年）というのは、今読んでも面白いし、ものすごく大事。

後藤　この本自体が環境問題の言説に影響を与えて、市民にも影響を与えていくということですか？

藤原　はい。大学の権威を破壊するという大学紛争が失敗に終わった結果、その中で宇井純たちが公害原論講座を開いて、大学の権威を融解させて、市民に開いた。その後、宇井純はずっと助手で昇進できなかった。

後藤　それは大学の問題でもあるんですか。

藤原　はい。熊取六人衆（京都大学の原子力安全研究グループの科学者の総称）もそうですけど、昔はとくに、反体制で抵抗する人を昇進させなくしました。今はどうしてそういう話が出てこないかというと、もうあまり、ものを言う理系の先生を採らないからですよね。引退した工学部の先生がこのあいだ、政府に反対した人は採らないようにする空気があったと言ってました。

後藤　ひどいなぁ。

藤原　文系は違いますけどね。それを全部採らなくしたら成り立たないので。医学部も工学部も理系はかなり脱政治化しているとそれぞれの卒業生からよく言われます。学術界については、今回の新聞の広告や記事を読むとマルクスの本が多い印象です。当時はまだマルクス経済学が主流だったんですね。今はマネーの動きが経済の中心だという近代経済学が全盛で、マルクス経済学が圧倒的に弱くなってきている。最近の例外が斎藤幸平さん。それまではマル経というのは教条的なので、今の時代を捉えられないと批判されて講座も減ってきていた。

後藤　最近「コモン」という言葉が、その教条的なところを開いていく突破口になるという気がしています。自分ごととして言葉が入ってくる。「あ、そうか、自分たちの富なんだ」と思うと偉そうな感じがしないですよね。斎藤幸平さんの登場は希望が持てる。

藤原　あんなにも彼の本が読まれるとは驚きました。

後藤　僕は仲《なか》正《まさ》昌《まさ》樹《き》さんの本で、ハーバーマスやアドルノやロールズを知って、フェア（公正）ということについて考えなきゃいけないなと思った。でもなかなか難しくて、そうしているうちに斎藤さんが登場して、コモンという言葉を知ったりすると「ああ、そうか」と腑に落ちるところがあった。それがコミュニズムなんだと言われると、「あれ？　俺たちが漠然と抱いていた共産党アレルギーみたいなのってなんだったんだろう」と。そういうふうにして、ちょっとずついろいろな考え方が広まるといいんじゃないかなと思ったりします。

コミュニズムは大きなものではない

藤原　ミシマ社の『ちゃぶ台』[※13]（雑誌）もそうですけど、コミュニズムやアナキズムと言われているものは、大きなものじゃないというメッセージですね。私たちは毎日、一ミリメートルくらいのコミュニズムを経験しながら生きている、そこから思想を組み立ててみたらどうなるだろうか、というのが『ちゃぶ台』の問いの一つ。だから体制支持にはならないし、教条的反体制にもならない。もう、コミュニズムはソ連でもコミンテルンでもないし、中国でもない。

後藤　今の考え方がコミュニズムの考え方ですよね。コミュニズム的な働き方や関わり方が、社会の中に時々あるっていう。

藤原　時々、しかも持続的にあるっていうことですよね。なんか知らないけど共有が始まるという世界。現代社会でも、我々の利他的行動に、一回一回お金を払っていないじゃないですか。

後藤　それを全部お金でやりとりしなきゃいけなくなったら窮屈ですよね。友だちと話し合うときに、「今日これだけ話したんで、電車賃を何円もらって、一時間なんで……一〇〇〇円ください」とか（笑）。

藤原　そう。そういうコミュニズムや共有がないかぎり、資本主義さえ成り立たないですね。

後藤　利益がすべてお金に換算されるわけじゃないということですね。でも、どういうふうにして、社会の色合いというか、新自由主義的な度合いが変わっていくかということに興味がある。竹中平蔵的な働き方改革でどこまで社会が塗り替わってしまったのか。ここまでこじれているのはどうしてなのか。市役所に行ったら、職員がパソナの名札をつけていたことがあって。

藤原　ああそうなんですか。へぇ。

後藤　市役所でも派遣されている人が働いてるんだって驚きました。そういう人たちが僕たちの住民票をやり取りしているかもしれないと考えると、すごい時代になったなって。

藤原　現在は情報が高価値の商品である時代。情報を握る企業が漏洩《ろうえい》したと言っては謝ることが日常化しているけれど、労働環境が劣悪な中で倫理を保つのは本当に大変だと思う。

後藤　大手の飲食チェーンの店に行くと、たまに自分が働く職場にまったく愛情を持っていない人を見かけますよね。潰《つぶ》れようが知ったこっちゃない、ダメなら私は次のバイト先に移る、みたいな。そういうことが起きちゃいけない職場にそういう考えが起こるのは、危ないことだなと思いますけどね。

藤原　そうですよね。所属しているものに愛着がなくなっていく。

後藤　とくに公的機関はそれがないと、倫理みたいなものが立ち上がらないような気が。

藤原　助けようと思わないですからね。

※13　『ちゃぶ台５』で「みんなのアナキズム」、『ちゃぶ台９』で「書店、再び共有地」という特集を組んだ。

ファミレスでの話

後藤　このあいだファミリーレストランに行って、その注文方式が僕には理解しがたいんですけど、商品番号と数を紙に書かされるんですよ。コロナのことがあるからかなと思ったんですけど。その紙を店員さんに渡すと、なぜかその場で紙に書いたことを読み上げながら端末に打ち込んでいく。「この作業はなんだ!?」って思いました（笑）。

すぐに「チキンなんとかだけ二個になっているけど、本当に二個か」って確認されて「二つだ」って答えて。でも、待てど暮らせど、そのチキンは一つしか出てこない。紙にまで書いてすごく確認したのに、間違えている。

さすがにどうしたものかと思って、その店員さんに、「チキンを二個頼みましたよ。さっきあれほど確認したのに出てこないというのは、どうかと思います」と伝えたんですけど、「はぁ」みたいなリアクションで、「申し訳ありません」みたいな言葉もない。

すごくカチンときた。ただ、レコーディングの合間に三人でご飯を食べに来て、たかだか一人一〇〇〇円以下の安いランチで、この店員さんにブチ切れていいのかと。僕にも悪いところがあるんじゃないかとも思った。

藤原　（笑）。反省しますよね。

後藤　もっと良い対応をしてもらいたいなら、それこそ三〇〇〇円ぐらい払ってゆっくり食べに行くべきなのかと。安いランチを提供するために、安い賃金で働かされているだろう人に、求めすぎているように思った。こういう対応にもっと怒る人は、きっと店長を呼ぶわけじゃないですか。でも、店長も雇われた店長だから、それほどこの店に対する忠誠心もないだろうし、怒られても……だと思うんですよね。だから、憤りをどこに持っていけばいいのかわからなくて。

家族に話したら、いやそれは僕が間違っていると。それは金銭がいくらかじゃなくて、あなたが注意しないかぎりそこの職場の人は一生そういう接客をするだろうから、一つもいいことがないんじゃないかと。自分だったらちゃんと注意する、店長も呼ぶって。

どっちがいいんでしょうね。あそこで怒っても、怒りだけが宙を舞うというか、どこにも吸収されずに、ただ僕が怒ったという事実だけがそこに不快感として漂うような気がする。

これが個人のレストランで、少しの風評が経営に関わってきたり、替えがきかない役割や働き方だったら、その人はたぶんそんな対応はできないと思うんです。注文を受けて端末に打ち込むのは複雑な仕事ではないですけど、そこから食べ物への愛や働くことに関しての思い入れが剥奪《はくだつ》されているのはなぜなんだろうと思って。カサカサだなぁと。

藤原　それはやっぱりオートメーションじゃないですかね。効率的に、徹底的に省いていく、省いていく、省いていく……の結果が一番グロテスクに反映されるのは、生命の場所ですよね。食べるとか、生の領域が、コンビニ化していく。今、このグロテスクなものが本当にいろんなところに出ていますよね。

後藤　あと一つ気味が悪いのは、たかだか一〇〇〇円でチキンを焼いたおいしいランチが食べられると思って、それを間違えられたくらいで店員に怒ることができる自分の消費者感覚なんですよね。それを批判しないと成り立たない。すごく複雑な問題で、この店員さんだけが怒られて済む問題じゃないんじゃないかと思う。そのチキンもたとえばブラジルから来たのかもしれない。「こんな低価格で出せる？　この料理」という。

藤原　その鶏肉をケージの中に詰め込んで生産している養鶏農家もなかなか儲からないし、そこで雇われた労働者も低賃金だし、ものすごくいろいろなものを含み込んでいるでしょうね。

後藤　それは、ある意味で将来のパンデミックを担保しているような関係で。鳥インフルエンザについては、毎年ニュースになりますよね。鶏から人、さらに人から人に感染《うつ》ったときにパンデミックが起こるんじゃないかということを恐れて、養鶏場の人たちは鶏を何万羽も処理している。でも、それは僕たちが、チキンを焼いたのをファミレスで数百円で食べようとしているから起きている問題じゃないですか。そのつながり方。

そうなってくると、僕としては、自分の生活スタイルを変えていくことで抗っていけるんじゃないかと思っていたんです。けども斎藤幸平さんは、そんなのは全然影響力がない、がつんと規制しなきゃ世の中変わるわけないと。それも確かにそうだなと思うし。でもそれだけを期待してもなと思う気持ちもあるし。

藤原　そうですね。

後藤　とても難しいですよね。より良い暮らしなんていうものは、斎藤さんに言わせれば、ある種の免罪符になって環境破壊へのアクセルにもなりかねないんだと。まあ確かにそうだ、と思ったりもする。なんか、今自分の暮らしがいろんなこじれ方をしていて、最近すごく複雑な気分になります。

藤原　よくわかります。

「進歩はよくないの？　藤原さん」と言われるが

後藤　藤原さんの『分解の哲学』を読んで思うんだけど、やっぱり、音楽だって、コンポジション、ディコンポジションですよね。俺たちは一体何をしているのか。だから全然他人ごとじゃなくて。フラクタルに、どこの現場にも似たような問題があるんじゃないか。

藤原　そう思いますね。

後藤　ファミレスの問題は一つの比喩でしかないというか。

藤原　学問もそうですね。

後藤　これは僕らにとってすごく大きなテーマなんだなと。だから、今年一番の感動は、藤原さんの本を読めたことです。ここに、自分が思っていたことが文章として体系化されていた。ちゃんと歴史とのつながりを持って表されていたことに、僕はすごく希望を持ちました。

藤原　それはたぶん、同じ時代を生きてきたからかもしれません。ちょっと上の世代だと、「進歩はよくないの？　藤原さん」と言われますし。世代問題に落とし込むのは良くないにせよ、後藤さんが見てきたものと、私が見てきてガーンとなったものというのは類似しているので。

それは、ある意味でやっぱり時代の問題もあって、我々がずっと見てきたテレビ番組とか、そういうものに規定されていると思います。『分解の哲学』は私の独創的なものじゃないと思っていて、今まで教えてもらったいろんなことを整理しただけなんです。本を書くのってそれでいいと思う。そういう意味で、そう言っていただけてすごく嬉しいですね。

後藤　なんか、上手に語りたいけどうまく表せないわけですよ。僕たちは、ポイントポイントのことは言えるけど、それをつなぐことができない。だから、研究者たちがそれを上手に線でつなぐわけですよね。脳のいろんな場所にあるものがぱーっとつながっていく感じがして、ああそうか、ここここがつながるぞ、みたいな。そういう興奮がありましたね。

多様性ってめちゃくちゃ難しい言葉

藤原　こうやって後藤さんとお話しできるなんて、考えてもいなかったですからね。

後藤　世代論って、いいのか悪いのかわからないけど、僕たちの世代、ロストジェネレーション[※14]たちに何ができるんだろうという思いはあって。僕はずっと、同世代が一緒に立ってくれていないという感覚で社会運動に参加してきたところもあるので、そこに藤原さんのような人がいると思えるのが嬉しいです。たぶんまだ僕からは見えていないだけで、同じ思いの人がいるでしょうから、どんどん表に立ってほしいなという気持ちがあります。変えられるでしょ僕たちは、みたいな。

藤原　福島での社会運動で感じたことはありますか？

後藤　デモでよくあった「福島を返せ」というシュプレヒコールがいちばん気になりました。それは福島の人たちの言葉であるべきで、僕たちが使うべき言葉ではない。当事者が言うんだったらわかるけど、私は千葉から来ましたという人が「福島を返せ」というのはちょっと違うんじゃないか。千葉のことを言おうよ、と。あのあたりが、デモに対して、福島の人たちがむず痒《がゆ》く思ったり、腹を立てたりしたところではありますよね。

藤原　そのへんの言葉の選び方が、我々はやっぱり大事ですね。すぐクリシェになるから。

後藤　だから、デモの現場にいっぱい行ったけど、そこで感じた違和はあるんです。

藤原　僕もある。

後藤　それはけっこう大事なことなんじゃないかと。そういう逡巡は、参加していなくて「デモなんて」って思っている人たちにこそ、知ってほしい。参加している人もすごく悩んでいるというか。ファミレスの話じゃないけど。誰しもが「こんな注文の取り方しやがって、馬鹿野郎」と言っているわけではなくて、自分に対するわだかまりというか、そういうものも社会運動に参加している人たちだって持っているんだということですね。わだかまりを持っていない人たちももちろんいて、そのあたりが難しいところではあるけど。

藤原　大変よくわかります。でも、私たちってそのわだかまりからしか考えられないと思うので。大きな理論や構造批判を持っていないので。

後藤　『何度でもオールライトと歌え』（ミシマ社、二〇一六年）でも書いたけど、原発デモに行ったら、おてもやんみたいな、ややこしい人がいて、すごくショックを受けました。お前みたいなやつがいるからデモが誤解されるんだろうと思ったけど、でも、これを許容しないデモだったら、デモしている側が主流派になったときに、ものすごく窮屈な社会を作りそうな気がします。

藤原　逆にね。

後藤　一万人いたら変なやつ一〇人くらいいるでしょ（笑）。もっといるかもしれないですけどね。多様性ってめちゃくちゃ難しい言葉。

藤原　簡単に言えないですよね。

後藤　だから、音楽に多様性が認められていない、いろんな音楽に機会がない、って俺たちがいろんなところで怒ったとしても、自分たちの感覚を一〇〇パーセントの主流派にしてしまったら、それ自体が多様性を否定していることになるという矛盾が出てくる。

スローガンはすごく政治的なもので、政治に抗うために必要で作っているんですけど、詞を書く人間としては、その反対をやらなきゃいけないという感じがしています。なるべくボキャブラリーを増やしていくというか。シンプルに書くことが良いことなんじゃないという。説明のつかない感情をどうやって描写するかと考えたら、たった一行で書き表すことじゃない気がして。いろんな表し方があるんだという可能性を開いていくことが、言葉を担っている人たちがやることで。言葉が貧しくなってくると、みんなクリシェしか使えなくなっちゃう。

藤原　そうですね。クリシェをできるだけ使わないで、違和感を覚えたときの初発の居心地の悪さに向けて、言葉を貼り合わせていく。そんな方法を私たちで提案していきたい。こんな言葉があるんだよ、というものを。

後藤　たとえば貧しさにも種類があって、「貧しい」の一言だけでは切り捨てられない多様さがありますよね。

藤原　私も「貧しい」という言葉をたくさん使っていますが、社会的弱者という言葉も使いながら違和感を覚えていて、そもそも弱者って誰なんだろうかというところを本当に考えないといけなくなってきているし。言葉は大変。

後藤　そういうアプローチは常々試みないといけない。複雑さを、基本的には書ききれないんだということを書くことというか。

藤原　そうそうそう。そうじゃないと面白くないんで。で、それはやっぱりアドリブじゃないと出てこないものなので、対談って大事だと思うんですけど。

後藤　そういうことも広く知ってほしいし、言葉に対してそういう接し方をしてほしいですね。その貧しさは、ＳＮＳがブーストしているところもあって。一四〇字で表せないんですよ。

藤原　そう、この時代の深刻さに対して圧倒的にスペースが足りなさすぎるんです。

※14　バブル崩壊後の就職氷河期に就職活動を行った世代を指す。

映像をめぐる往復書簡① 『阿賀に生きる』

後藤正文さま

　どうしても後藤さんに観ていただきたい映画はなんだろう、と悩む暇もなくすっと頭に浮かんだのが、佐藤真《まこと》監督の『阿賀に生きる』でした。一九九二年に公開されたこの映画は、撮影スタッフが三年間にわたって地域に住んで共同生活を送りつつ、田んぼを手伝い、そこで出会った阿賀野川流域のお年寄りを描いたドキュメンタリー作品です。第二四回ニヨン国際ドキュメンタリー映画祭銀賞、パルヌ映画祭のグランプリを取るなど、国際的にも高く評価されました。エンドロールに流れる呼びかけ人には、映画評論家の蓮實重彦《はすみしげひこ》、歴史家の色川大吉《いろかわだいきち》、作家の椎名誠などそうそうたる人物が名を連ねています。

　しかし、このような国際的かつ国内的な評価よりもむしろ、私の身近な先輩たちとの雑談が、この映画に対し私に関心を抱かせました。『阿賀に生きる』の存在を知ったのは二〇一五年のことです。その年の秋に熊本の病院で石牟礼《いしむれ》道子さんと対談をしたとき、その写真の撮影を担当してくださったのが芥川仁《あくたがわじん》さんでした。芥川さんは宮崎の土呂久《とろく》のヒ素公害の写真集や、水俣病事件の写真集を刊行しています。また、対談をコーディネートしたのが編集者の小尾章子《おびふみこ》さんです。小尾さんは若い頃に阿賀のフィールドワークをしていたことがあり、対談の後だったか前だったか忘れましたが、小尾さんと芥川さんがしきりに『阿賀に生きる』について真剣に語り合っていて、私もいつか観たい、いや観なければならないと思っていた作品でした。

新潟県の阿賀野川流域、地元の人たちが「阿賀」と呼ぶこの川一帯に、スピーカーを通じて増水警報（ダムからの一斉放水）が伝えられるシーンから、この映画は始まります。たくさんのダムが建設されたこの一級河川は、まさに日本の国土開発の象徴でもあります。阿賀はその開発によって汚染された地域であり、また、若者たちが都市へと離れていった地域でもある。ここに生きるお年寄りたちの四季折々の姿が、湿気を多分に含んだ植物や土壌や森林、そして何より濃緑《こみどり》の豊かな水をたたえる阿賀野川と溶け込むように、愛情深く、ときにはユーモラスに描かれています。一一五分の映像は、足腰の不自由なお年寄りたちの活力がいたるところにみなぎっています。

『阿賀に生きる』の忘れ難い登場人物を何人か紹介させてください。

第一に、三反六畝《たんせ》（約三五〇〇平方メートル）という、川筋にある猫の額《ひたい》ほどの小さな田んぼを守り続けてきた長谷川さん夫婦です。長谷川さんが大雨にびっしょり濡れながら刈り取った稲束をハデ（稲などを干すために木材を組んだもの）にかける様子が冒頭に流れます。二人とも、腰が曲がっていて、妻は杖をついて急な畦《あぜ》を登っていきます。途中では、土を耕すだけではなく、夫婦の移動手段でもある歩行型トラクターも登場しますが、このようなぬかるみの描写に、小学生のとき、まだ奥出雲の圃《ほ》場《じよう》整備前の、急斜面に分散していた田んぼを手伝った薄い記憶が蘇ります。このような分散した小さな田んぼは、垂直移動が大変なんです。また、夫が、しばらくやめていた、鉤《かぎ》を使って鮭を釣る「鉤流し漁」を阿賀野川の支流で試みるシーンが映画の一つのクライマックスです。真剣なまなざしで、鈍った感覚を取り戻すように水面を見つめる彼を観ながら、つい私は、お願いだから釣ってくれ、と画面に向かって祈っていました。

第二に、船大工の遠藤武さんが登場します。彼は十六歳から、阿賀野川の漁などで用いられる舟を二〇〇隻以上造ってきました。遠藤さんも体が悪くなってから、しばらく仕事場を閉じていました。この閉ざされた仕事場の戸が外され、光が入るシーンは、まるでアルフレッド・ヒッチコック監督の『裏窓』(一九五五年)を思い起こさせるような、「何かが始まるのではないか」という期待を観ているものに抱かせます。そして、実際に始まるんです。弟子をとらなかった頑固者の遠藤さんが、なんと初めて関塚さんという大工の弟子をとります。関塚さんは遠藤さんからいろいろ学びながら、木製の舟を造り上げていきます。この舟の完成に至るプロセスもまた、この映画の主要な筋です。遠藤さんは道具を人に貸さない。道具と人間の深い関係が淡々と撮影されているシーンが私は好きです。ギターなどの道具と切っても切れない関係にある後藤さんも、おそらく何か感じることがあるのではないか、と思いました。また、木舟は、板と板の隙間から水が漏れないようにすることが重要なのですが、遠藤さんは、板と板の隙間に鋸《のこぎり》を入れて、わざとガサガサにし、繊維状になった接合部に水を含ませることで、密着させるという技術を弟子の関塚さんに伝えます。すっかり小さくなっていた遠藤さんの眼光が徐々に鋭くなり、体の痛みを時々感じながら、ノミを手にして、道具を使い始めます。久しぶりに仕事に向き合うことで精気がみなぎるお年寄りの姿に、私は胸を鷲《わし》づかみにされました。

「加藤のじいちゃん」と呼ばれる餅つき職人とその妻のキソさんもまた、忘れ難い人としてこの映画に登場します。おいしい餅を作ることで有名な作二さんもキソさんも体がいうことを聞きません。餅をさばくその手つきはしかし、職人の誇りを感じさせます。体がほとんど動かない妻は布団に寝ていながら、悲壮感を漂わせることなく、夫にバンバン突っ込みます。この夫婦のやりとりがまた思わずにやりとするような、絶妙なもので、夫婦漫才なのです。地元の人たちとしこたま飲んで、最後、うつぶせになってパイプを味わっている作二さんの姿は、なんとも印象的で、すくっと立つとズボンのチャックがオープンになっているところまで、チャーミングなおじいちゃんです。

鉤流し漁に久しぶりに挑む長谷川さん、舟造りに久しぶりに復帰する遠藤さん、それから餅作りの名人である加藤さん、そして絶妙な言葉づかいで夫をからかうキソさん。はっきりと明示されているわけではありませんが、彼らのほとんどが、新潟水俣病の未認定患者と信じるには、あまりにも快活で、ユーモラスで、美しい眼差しを見せてくれます。先ほどご紹介した芥川仁さんも、土呂久でも水俣でも、患者のたたかいよりは、患者が一人の人間として家族たちとどんな家でどんな時間を過ごし、どんな仕事をしているのかを撮影していく写真家でした。佐藤さんもまた、運動よりも生活に重きを置きます。ただ、だからといって、公害の重みがこの映画において薄まっているのではありません。むしろ、濃くなっていく、という仕掛けが、この映画が作品として優れているところです。長く続く運動の中心にいて、非常にしんどい思いをしてきたに違いない旗野秀人さんがときおり登場されますが、彼が加藤さんの餅つきを手伝うとき、加藤さんに話しかけるときの柔和《にゅうわ》な表情が忘れられません。ともあれ、後藤さんと私たちの誕生日の新聞を読む作業をする中で、ずっと目を離すことのできなかった言葉である「公害」について、この映画を通じて考え直してみたいと思います。

昭和電工は、日本農業の近代化を支えた化学肥料企業でした。合成窒素肥料を生産するには電気が必要です。電気はもちろん、阿賀野川流域の水力発電でまかないました。阿賀野川の川筋には五八の発電所がある、と映画公開時のチラシには書かれています。一九二九年に阿賀野川流域に創業する昭和電工鹿瀬《かのせ》工場から、大量の有機水銀が阿賀野川に流されたことで、この映画に登場するお年寄りたちのほとんどが、手足が曲がり、痛みを覚えます。なぜなら、阿賀野川にはたくさんの魚が棲《す》んでいるからです。彼らはこの魚を食べていました。晩秋には鮭も昇ってくるからこそ、鉤流し漁が存在するのです。川は、食材の宝庫でした。猛毒を流す場所と漁場が同じなわけです。皮肉なことに、冒頭で長谷川さんが腰に巻いているビニール袋は、おそらく農協から購入した化学肥料の袋だと思います。日本の農村ではこの丈夫なビニール袋は、田んぼの溝や農業機械までいろんなところで再利用されています。

いわれてみれば、日本の公害の多くは水の汚染でした。富山のイタイイタイ病は、三井金属神岡鉱業所から流されたカドミウムが原因でしたが、これは神通《じんずう》川水系の豊富な漁業資源を通じて住民たちの口に入ってきました。『農の原理の史的研究』（創元社、二〇二一年）で論じましたが、吉岡金市《よしおかきんいち》という農学者は、地元の食習慣の聞き取り調査をしたり、民俗学の本をひもときながら、井戸水の汚染ではなく、食べ物を通じた汚染であったことを突き止めたのです。

熊本水俣病も、水俣湾、そしてその向こうに広がる不知火《しらぬい》海に日本窒素肥料（チッソ）によって流された有機水銀が原因でした。チッソの有機水銀も、漁民たちが山の人たちが信じられないくらいの魚を毎日食べる習慣に入り込んできたのでした。

最後にどうしても触れなければならない人物は、江花豊栄さんです。彼は、昭和電工に三五年勤め上げた人間です。地元に住む彼は、水俣病の申請をして、裁判に踏み切った唯一の昭和電工社員でした。昭和電工は地元密着の企業だっただけに、村の人々からは、「昭電を売るのか」と陰口をたたかれたとこの映画のナレーションで語られています。会社からも「いやがらせ」としかいいようのない県外への転勤を求められます。

しかし、この江花さんのご夫婦は、毎年「演芸の集い」を開いています。ハーモニカにあわせてみんなで歌ったり、飲み食いしたりしていて、このシーンはなごやかでとても印象的でした。若い男性が吉幾三の「雪國」を歌っています。この曲は、当時のザ・ベストテンでも常に一位二位を争っていた大ヒット曲で、私の田舎のカラオケでも歌われていましたね。それから、おばあちゃんの民謡もいい味が出ています。「焼いた魚も泳ぎ出す、絵に描いたダルマさんも歩き出す」って歌うあの拍子に、私はとても郷愁を抱きました。労作歌の響きなんですね。労働と歌が深く結びついていた頃の残余がこの映画には反響しています。

後藤さんと考えてみたいのは、このような民俗の世界のことです。

後藤さんと私は、まだ、このような世界の残響がある中で、幼い頃暮らしていました。この映画では、意識的に採集されたに違いない音のコレクションが素晴らしい。長谷川さん夫婦のゴム長靴が田んぼの泥にはまり、そこから抜け出るときのシュポッという音に、田んぼを走り回って育った私は非常に懐かしさを感じます。川の音、雨の音はもちろんですが、作業場でノミを摑んで板を削る音も、雪道を歩く音も、鮭が跳ねる音も、どれもが都市生活から消えていった音です。話し方もそう。擬声語がとにかく素晴らしい。バーッ、とか、サーッとか、腹の底からゆっくりと語るお年寄りたちの擬声語がまるで歌のように胸に迫ります。酔っ払ってへべれけになったときの人々のご機嫌な声も、懐かしいです。しかし、これらは私たちが小学校から中学校の頃にかけて撮影されたものである、ということも、やはり重要ですね。CDウォークマンもファミコンもパソコンももうすでに揃っていたあの時代です。

音だけではなく、身ぶりもそうですね。虫除け地蔵でお祈りする姿、干し柿をつるす動作、おばあさんたちが床で雑魚寝《ざこね》する姿、搗《つ》き立ての熱い餅を運ぶ動作。しかし、その動作のはしばしに、自由に動かない指や腰や足が見える。公害が何を人から奪ったのか。

私は、小学校から高校までは斐伊《ひい》川という一級河川の川筋で暮らしていましたが、この映画のような「川に生きる」という生き方をしてきませんでした。斐伊川は、砂鉄をとるために山の土砂を削り、それを川に流す（鉄穴《かんな》流しといいます）ことで堆積した砂が沈んでいて、そこに混じる鉄を磁石で探る川筋の人々の風景は、私が小学校のときに消えていきました。土から掘ってきたみみずを餌に竹竿で魚も釣りましたが、そんな遊びもやがて風景から消えていきました。圃場整備が進み、支流がどんどんとコンクリートで覆われ、綺麗な道路がつきます。日本国土全体がコンクリート化していく時代が、私たちが物心つく時代だった、ということを、この映画の裏の歴史として感じずにはいられません。佐藤さんはこの映画を撮って、しばらくたくさんの作品を世に出してこられました。が、結局、うつ病に苦しみ、四十九歳でみずから生命を断ちます。その年齢に近づいている私は、この作品から受け継ぐべきものがとても多いと感じています。

以上、映画『阿賀に生きる』について思いつくままに書き連ねてしまいました。まとまりがなくってすみません。ただ、民俗学に関心を持ち、全国各地を歩いてきた後藤さんであれば、何かこの映画を覆う郷愁のようなものから感じ取られるものも多いのでは、という思いも強くあります。ぜひ、忌憚《きたん》ないご感想をいただければ幸いです。

藤原辰史

藤原辰史さま

京都大学で『阿賀に生きる』を観たあと、一緒に大阪の釜ヶ崎へ見学に出かけたときにDVDを貸してくださいましたね。帰ってから映画をもう一度観て、印象的なシーンをちゃんと覚えていることに安堵しましたけれど、映画から感じることは少しずつ自分の歩みとともに変化していくでしょうから、改めて、二〇二四年の僕が感じたことを伝えられたらと思います。

真っ先に思い出したのは、「どうしてその仕事や思想に辿り着いたのか」ということを柄谷行人《からたにこうじん》さんと見田宗介《みたむねすけ》さんに大澤真幸《おおさわまさち》さんが問うインタビュー集、『戦後思想の到達点』（NHK出版、二〇一九年）の中にある見田さんの言葉でした。引用します。

> 社会学を仕事としようとしたときに最初に思ったのは、社会というものを、上流、中流、下層とか、資本家階級と労働者階級とか、都市と農村というように、構造としてとらえることももちろん大切だけれども、それよりも根本的なところで、社会というものを、一人ひとりの人間の、切れば血の出るような〈人生〉のひしめきとして把《とら》えたい、ということでした。

僕は二〇一一年の東日本大震災の前から、ツアー中にいろいろな町を歩いて、フィールドワークのようなことを始めました。これは「ノット・イン・マイ・バックヤード」の問題、自分の家の裏庭にあったら困るような施設が、日本のどのような場所に造られているのかについての個人的な興味を源泉とする行動でした。たとえば、青森市街から六ヶ所村の再処理施設までの距離、那覇から普天間飛行場を経て移設先の辺野古までの距離、広島駅から山口県の上関原発の建設予定地までの距離、そこで目にする風景や移動に費やす時間を身をもって学びたいと思ったんです。ニュースで知るような情報に欠落しているのは、こういう経験で得られるような身体感覚なんだと感じました。どの施設も、陰に日向《ひなた》に、僕たちの生活と無関係だとは言えないのに、とにかく遠かった。身体的な、物理的な距離の遠さ、それは心理的な距離とも関係していると感じました。そうした学びの感想をブログにまとめて公開した数日後に、東日本大震災が起きました。

藤原さんが書いてくれたように、民俗学への興味が加速度的に大きくなっていったのはその時期です。平凡社ライブラリーの『日本残酷物語』だとか、網野善彦さんの『日本の歴史をよみなおす』（ちくま学芸文庫、二〇〇五年）や宮本常一《みやもとつねいち》さんの『忘れられた日本人』（岩波文庫、一九八四年）、小泉文夫さんの『音楽の根源にあるもの』（平凡社ライブラリー、一九九四年）、一遍による宗教的な救いへの考え方だとか（踊り念仏ですね）、そういった自分の読書から広がった興味と、スコップを担いで被災地に物資を運ぶパンクロッカーたちの姿、足を運んだ先で出会う人々とそれぞれの人生、反面としての政府や行政の姿勢を比べたり並べたりするうちに、私たちの庶民の歴史は誰が書き残すのかという疑問に突き当たりました。私たちの、このそれぞれの被災や困難が、たった数行に、あるいはたった数ページにまとめられてたまるかと思ったんです。

『阿賀に生きる』を観て感銘を受けたのは、「公害」という言葉に、登場する彼らの人生を閉じ込めなかったことです。まさに「人生のひしめき」への想像を促すような映画で、彼らの愛や情や、地域としての横のつながりだけでなく、連綿と続く時間的な縦のつながり、そうした複雑な風景を丸っと記録していて、ゆえに本当にさまざまな、一言では結べない感想を持ちました。

郷愁と呼ぶには少し古い風景ではありましたけれど、字幕なしでは理解することが難しい登場人物たちの語りを聞いて、静岡の田舎の祖母のことを思い出しました。祖母と話すときは静岡弁とも呼べないような、ローカルの中のローカルの、そういう言葉が頻出して、父や母と笑いながら標準語への翻訳の答え合わせをするような楽しいひとときがありました。当時は愛らしいとか、面白いなとしか思わなかったですけれど、僕は当時からそうしたローカルの言葉からは少しずつ引き離されていたんだと思います。きっと藤原さんの地元の島根にも同じ風景があったんじゃないかと思います。国語の授業中には気がつかなかった。標準語がゆっくりとローカルな言葉を焼き払っていたんだと、今では思います。

同じことは、ほとんどすべてに言えるかもしれません。音楽だって同じです。僕たちは平均律、ドレミで音楽を理解しています。音階というのは空気が周期的に繰り返す振動の規則性を、たとえば、一般的に現代では四四〇Ｈｚを「ラ」の音として識別して、倍の八八〇Ｈｚも同じく「ラ」と考えます。その間隔を均等に一二分割して、みんなが知っているピアノの鍵盤に割り当てられたものを音階として使っています。乱暴に言えば、ドレミというのは、空気振動の周波数の機械的な分割です。世界中にはいろいろな民族楽器がありますけれど、そういう楽器にはおそらく、それぞれのチューニングがあったはずです。前述した小泉文夫さんの著書によれば、部族によって使っている音階が少しずつ違うという記録もあります。そうした違いや地域ごとの音階の揺れが、平均律によって整理されていく。さらに、コンピューターによる計算と測定が加わります。宗教的な響きを感じたくて買ったシンギングボウルのセットがドレミで調整されていたことに、ひどくがっかりしたのを昨日のことのように覚えています。

今日の日本では、どこまで行ってもドレミが僕たちを捕まえに来ます。それも相対的な、このへんが「ラ」かな、みたいな音感ではなくて、「ラ」は四四〇Ｈｚというような絶対的な正しさによってです。私たちの人生や、その比喩としての音楽が、詩作が、こうやって決められた正しさに囲われている。ポスターカラーみたいな絵の具だってそうです。曼《まん》荼羅《だら》を集めた展覧会に行くと、さまざまな素材から人力で色を取り出して絵の具としていた時代の複雑さを、ポスターカラーのような正しい色を規定した概念と道具がどう壊したのかが目に見えて、愕然《がくぜん》とします。ある種の「ゆらぎ」が追い払われてしまうような流れがあります。

映画の登場人物たちに、自分の祖母や祖父を重ねて、親しみのような気持ちが湧き上りましたけれど、それ以上に、文化的な隔たりを感じてしまって、土着の、この日本という土地の、あるいはそうやってまとめて「日本」とするには実にさまざまで複雑な文化との断絶を感じてしまって、寂しいとは思うけれども反省しようがないような、複雑な気持ちになります。学校で一生懸命にドレミを覚えて、アメリカやイギリスのロックに夢中になっているうちに、労働歌の歌い手たちはみんな去ってしまいました。はたと気がついて、それらを残さねばと思ったところで、もうそうした歌い手たちはほとんどいなかったんです。

技術についても同じことが言えますね。藤原さんも印象的だと書いていた船大工のシーンはとても重要だと僕も思います。いろいろな場所で、手仕事や伝統的な技術を軽んじてきた。と言っても、僕たちには軽んじてきた意識がないわけです。それぞれの技術の尊さはなんとなく誰もが理解しています。すごいな、と誰もが思う。けれど、標準語と平均律を習っているうちに焼き払ってしまった土着の言語や音階があったのと同じような構造で、知らないうちに踏んづけてきたのではないかと思います。無邪気に、なんの悪意もなく、自分たちの便利で豊かな暮らしを求めているうちに（ドレミで作られた音楽の美しさや楽しさは多くの人が知っていますし、僕もドレミによってミュージシャンへの扉を開いてもらいました）、僕たちは信じられないような速度で、国際的と呼ぶには恣意的な、西洋的な文化の水流の中に身を浸して、自分たちの本当の川上のことがわからなくなってしまいました。

映画の基礎の部分、通奏低音と呼んでいい部分が「公害」ですよね。阿賀野川という映画の真ん中を流れる大きな物語の底に、重たく沈殿しているのが有機水銀による環境汚染と健康被害です。僕らの世代にとっては、学校に通って教科書を開いていれば自然と目に入ってきたことだと思います。昭和の終わりくらいは、日本経済は成長の斜面を登っている最中で、空気が明るかった記憶があります。そうした経済状況や総中流と言われるような社会は、「公害」の歴史のうえに成り立っているわけですが、自分がさまざまな便利さや快適さの中に居られることと、どこかに社会の歪《ゆが》みを引き受けさせられている人がいることを結びつけたりはしませんでした。ページに書いてあることの表層だけを覚えていたんだなと自戒します。子どもだったのもありますが、とても狭い世界を生きていました。

ここでもまた同じ構造がありますよね。僕らは悪気もなく、とくに誰かを傷つけたいと思っているわけでもないのに、普通に暮らしているだけで誰かの人生や生活を踏んづけてしまう。そういう歪みが公害というかたちで（他にもいろいろありますが）、至るところに存在している。今もなお苦しみ続けている人がいる。とても恐ろしいことです。炭鉱の町で粉塵《ふんじん》を吸い込みながら石炭を掘っていた人たち、その家族。石炭によるエネルギーを頼りに都会を中心とする経済成長は成し遂げられましたが、炭鉱の町は本当に簡単に打ち捨てられました。代わりに、僻地に原子力発電所が作られて、都市部に電気が送られていきます。炭鉱の町にも、原発がある町にも、もちろんそれぞれの人生がひしめいている。ひしめいていたんです、実際に。福島県の浜通りに何度も歩きましたが、原発事故以降の、人がほとんど居ない、立ち入ることが容易ではない地域の風景を思うと、言葉がありません。その電力を一心不乱に使い続けた東京は、東京オリンピックを復興のシンボルだと嘯《うそぶ》いて、勝手に未来を見てしまった。結局、東京オリンピックの後に何が残ったのか。そういう問いは、これからみんなで一緒に考えていかなければならない問題だと思います。

「素敵な」と書くといくらかの語弊がありますが、素敵な映画を紹介してくださってありがとうございました。こうして書きながら、そして書くために、一人ひとりの人生を置き去りにしたような「社会」という言葉を使わざるを得ない事実に恐縮します。「人生のひしめき」を端に置いてやりとりしないと深まらない議論もある。けれども、やっぱり、僕は「人生のひしめき」の側に立ちたいと思います。それらしい社会論を打った後で、しっかりと振り返って、自分の言葉や考えを省みたいなと思います。

『阿賀に生きる』の素晴らしいところは、そうした「人生のひしめき」を記録し、それらを丁寧に、抱き締めるように扱いながら、私たちの生活の集合としての「社会」の無自覚な暴力性を浮かび上がらせ、さまざまな角度からの複雑な問いを投げかけてくれるところだと思います。

またゆっくり話したいです。

後藤正文

第２章
一九七〇年代前後の人間と環境の破壊

新聞を読む中でキーワードとなった「公害」。
講義と対話から、学びを深めていった。
（2021 年 7 月 5 日、MSLive! としてオンライン公開収録）

オンライン・ミニ講義　藤原辰史

一九七六年十二月二日に生まれた後藤さんと私が、生まれた日の新聞を読みながら話したときに、キーワードの一つとして「公害」が出てきました。公害はどういうかたちで多くの人々を苦しめたのか。背景やその後のこともちゃんと知っておくと、ひょっとしたら、私たちの対話、その言葉の一つひとつに、さらに重力が加わるのではないか。そうした意図から、本日の講義を設定くださったのだと思います。

それで、私は事前に、ギャグみたいなものなんですけど、私たち十二月二日生まれの射手座の運勢を調べてみました。そうしたら「こういうところを注意したほうがいいよ」というところに、「衝動的に何かを始める傾向があり、そのせいで試行錯誤や見込みちがいをすることが少なくないかもしれません」と書かれていたんです。ネット検索でたまたま出てきた占いですが、なかなか鋭いなと私自身は思ってしまったんですけど、この「衝動的に何かを始める」というのが、実は今日のキーワードでもあるので、まず紹介してみました。

今日お話しするテーマは、「一九七〇年代前後の人間と環境の破壊」です。いわゆる「公害」という言葉は、六〇年代~七〇年代に生まれますが、私たちが住んでいる生活環境が壊され、

足尾鉱毒の図 第1部 足尾銅山、丸木位里・丸木俊、1987年、群馬県太田市蔵、原爆の図丸木美術館提供。明治時代の非常に重要な公害。この図からは、原爆とのつながりもイメージでき、環境破壊というのは常に人間破壊であるということを克明に示している。

さらに、それによって住んでいる人の身体や健康が壊されていくということは、ずっと昔から私たちの歴史の中にあったわけです。

できるだけ日本に焦点を当ててお話ししますが、たとえば、水俣病事件の原因企業である日本窒素肥料は、すでに一九〇六年に創業していて、戦争前である一九三二年にはアセトアルデヒドの生産を始めています。これは水俣病の原因である水銀を生み出す生産工程です。それから、新潟水俣病の原因企業である昭和電工も、一九三六年にアセトアルデヒドの生産を始めています。二・二六事件の年です。

一九四〇年代までに、足尾鉱毒事件も含めて、すでに多くの環境破壊があった。そして宮本憲一さんという公害の歴史研究者が、「戦争は最大の環境破壊である」という有名な言葉を何度も述べていますが、広島・長崎の原爆や、東京やドレスデンや重慶の大空襲も、あらゆる戦争行為が一つの環境破壊である、という定式の典型例であると言ってもいいと思います。

核については、第二次世界大戦が終わってすぐにアメリカが核実験をし、そのあとも旧ソ連とイギリスがすさまじい量の核実験を行い、大気圏に放射性物質を撒《ま》き散らしました。そのもっとも知られているものが、一九五四年三月一日のアメリカによるビキニ環礁での水爆実験です。これによって多くの人が被爆し、移住を余儀なくされた事件がありました。日本でも遠洋漁業に出ていた漁民が死の灰を浴びています。焼津のマグロ漁船、第五福竜丸の乗組員であった久保山愛吉無線長が焼津に帰港後に亡くなり、大きな問題となりました。これも大きな人体破壊であり、環境破壊です。

それから、水俣病の公式確認、つまり、チッソ病院が病の発生を保健所に報告したのが一九五六年です。私たちが生まれる二十年前の話です。その一方で、水質二法（「公共用水域の水質の保全に関する法律（水質保全法）」と「工場排水等の規制に関する法律（工場排水規制法）」、一九五八年制定）が制定されました。汚染が問題になっていたので、水をできるかぎり綺麗なままにしておこうという法律です。このように、制御と汚染が同時並行で、しかし、汚染が圧

各年代の人間と環境の破壊

1940 年代まで 足尾鉱毒事件（1890s）、ダストボウル（1930s）、チッソ、アセトアルデヒドを生産開始（1932）、ナチス自然保護法（1935）、昭和肥料（のちの昭和電工）、アセトアルデヒド生産開始（1936）、広島・長崎原爆投下（1945）、土壌協会（1946）
1950 年代 ビキニ核実験・第五福竜丸（1954）、チッソ病院が保健所に原因不明の病発生報告＝水俣病の公式確認 (1956)、水質二法（1958）、四日市第一コンビナートが本格操業を開始（1959）
1960 年代 沈黙の春（1962）、四日市、磯津漁民一揆（1963）、日本初の原子力発電（1963）、四日市、肺気腫で初の公害被害者（1964）、新潟水俣病発生（1965）、昭和電工「地震農薬説」(1966)、公害対策基本法成立（1967）、富山県、イタイイタイ病の独自認定（1967）、六社に対し四日市公害裁判（1967）、宇宙船地球号（1969）、枯葉剤 (1969)、緑の革命（1960s） **※ミッチー・ブーム (1959)、東京オリンピック (1964)、東海道新幹線開通 (1964) だけでこの時代を語ってはならない**
1970 年代 公害原論（1970）、関西電力美浜発電所 1 号（1970）、東京電力福島第一原発 1 号 (1971)、新潟水俣病第一次訴訟、原告勝訴（1971）、イタイイタイ病裁判、原告の全面勝訴（1971）、アースデイ（1971）、環境庁設立（1971）、日本有機農業研究会 (1971)、津地方裁判所四日市支部が原告勝訴の判決（1972）、ストックホルム、人間環境宣言（1972）、成長の限界（1972）、日本列島改造論（1972）、水俣病第一次訴訟判決原告勝利 (1973)、ディープ・エコロジー (1973)、スモール・イズ・ビューティフル（1973）、公害健康被害補償法（1973）、複合汚染（1975）、スリーマイル（1979） **※公害裁判で原告が勝訴を収める動きと日本列島改造論の動き。オイルショックとドル・ショックから新自由主義への流れ**
1980 年代 緑の党結党（1980）、ボパール化学工場事故（1984）、チェルノブイリ（1986）、狂牛病（1986）、持続可能な開発（1987）、三つのエコロジー（1989）、名古屋南部大気汚染公害訴訟（1989）
現在まで LOHAS（1990 後半）、東京大気汚染公害訴訟（1996）、京都議定書（1997）、MOTTAINAI（2005）、不都合な真実（2006）、エドロジー（2008）、福島（2011）、ノーモア・ミナマタ新潟全被害訴訟和解（2011）、水銀に関する水俣条約（2013）、国際土壌年（2015）、人新世（2016）

倒的に制御を振り切るかたちで、この時代から日本の環境破壊が進んできたということになります。

ちなみに、四日市ぜんそくの原因となる大気汚染をもたらした「第一コンビナート」が一九五九年に操業開始します。これは、六つの企業が一緒になって、石油を使った製品を生産する工業地帯です。

さて、一九六〇年代から、公害がにわかに社会問題化していきます。すでに五〇年代に、いろいろな健康被害などが生じていたのですが、それが一気に明らかになっていくわけです。

六〇年代はどんな時期だったのでしょうか。たとえば、ミッチー・ブーム（一九五八年から一九五九年にかけて、皇太子明仁《あきひと》と正田《しょうだ》美智子が婚約、結婚したことで生じた社会現象）が起きました。それから、東京オリンピックと新幹線開通。映画『ALWAYS 三丁目の夕日』（二〇〇五年）では、この頃のイメージをすごくノスタルジックに語るわけですけれども、しかし実はその背後に、膨大な公害があり、新聞やテレビで次々に明らかにされていたということを、忘れてはならないわけですね。

この頃、海外でも公害が告発されました。一九六二年にレイチェル・カーソンが『沈黙の春』で農薬汚染を告発した。それから、四日市で海が汚染されて魚が獲れなくなったのは六三年。四日市公害というと大気汚染だと思われますが、実は最初は海洋汚染でした。そして、原発が動き始めるのもこの頃です。四日市ぜんそく、新潟水俣病、富山県イタイイタイ病、それらの公害が次々に明るみに出ていくのが、ちょうどこの時代でした。

他方で、一九六三年には、バックミンスター・フラーという建築家が「宇宙船地球号」という言葉を使って本を書きました（『宇宙船地球号　操縦マニュアル（Operating Manual for Spaceship Earth）』）。石油に代表される地球の資源は有限であって、地球を宇宙に浮かぶ一つの小さな船だと考え、システム的に管理しないとこれからまずいぞ、ということを伝えました。ベトナム戦争で枯葉剤が撒かれたのも六二年から七一年です。枯葉剤は農薬で、木を枯らしてゲリラを追い出すためのものというふうに教科書では教えられていますが、もっと根源的な理由として、田畑の食べ物を枯らすために、非常に非人道的なその農薬をばら撒いた。それも大きな環境破壊であり、その後、多くの胎児たちや子どもたちや大人たちが、精神的にも肉体的にも障害を持ってしまうことにもつながります。

さて、私たちの生まれた土壌である七〇年代を見ていきます。この時代は、公害について、国も企業も全然動いてくれないので、裁判に訴えるしかなくなりました。その結果、四大公害についてはほぼ原告が勝訴を収めます。これが七〇年代の初めです。ただし、その一方で、一九七二年に、田中角栄内閣が「日本列島改造論」という構想を打ち出し、この公害訴訟の動きを念頭に置きながら、都市集中を批判します。彼の地盤である新潟県も含めて、これからは地方が高速道路と鉄道でつながっていき、人を東京から逆流させるべきだというふうな、土建国家的な国のあり方を訴えました。これはのちに書籍化されました。『日本列島改造論』では、「緑」「豊かな自然」とか東京一極集中批判とか、今でも通じるような言葉を投げかけながら、やっぱり開発し続けなきゃいけないと主張しています。

原発も動き始めていますし、以前の対談でも触れましたが東大工学部の宇井純さんが『公害原論』という本を書いて、一般市民が夜間に公害を学ぶ講座を始めたのも、この時期です。

日本政府のほうでも、七一年に環境庁が設立されていますし、同じ年に日本有機農業研究会も発足しました。ストックホルムの国際連合人間環境会議で、人間環境宣言が採択されたのが七二年、ローマクラブで「成長の限界」が言われるのも七二年です。ディープエコロジーという、この地球をエコロジカルにするには、人間の増加も防がなきゃいけない、というかなりラディカルな発言も七三年に出てきました。シューマッハーの『スモール・イズ・ビューティフル（小さいことはいいこと）』（日本版は、講談社学術文庫、一九八六年）という本も七三年ですね。

有吉佐和子さんの『複合汚染』は七五年に出ます。日本の洗剤や農薬などの化学薬品が、複合的に化学反応を起こして人体を蝕《むしば》むことを告発した本で、日本で進められている有機農業を紹介し、その可能性を示しました。レイチェル・カーソンと並んで歴史を変えた本の一つと言っていいと思います。

それから、政府も「公害健康被害補償法」という法律を作りました。公害で苦しんでいる人々を補償する法律で、抜け穴だらけだったんですけれども、この頃に成立させています。

後藤さんと一緒に生まれた日の新聞を読んでいて、公害が忘れ去られようとしていることを警告するような記事があることに気づいたわけですが、おそらく私たちが生まれた七六年頃は、先ほど紹介した、六〇年代から七〇年代初頭にかけての激しい公害の闘争が、徐々に後景に追いやられていった時代だったのだと思います。しかし公害は決して終わったわけではなく、七〇年代に緩やかな経済成長に変わって以降も、多くの人々を苦しめ続けていたということは、言うまでもありません。

八〇年代はどうだったかというと、一九八〇年一月にドイツで反核、反原発、環境保護を訴える「緑の党」が誕生し、八四年十二月にはインドでボパール化学工場事故といって、多国籍企業ユニオン・カーバイド社の化学工場の爆発で非常に多くのダイオキシンがばら撒かれ、二〇〇〇人が死んだ事件がありました。チェルノブイリと比較してあまり取り上げられないのですが、こういうダイオキシンや農薬が飛び散ってしまう事故は、いろいろなところで起きています。

それから「狂牛病」（ＢＳＥ＝牛海綿状脳症）ですね。牛の乳量を上昇させるために、牛骨粉を食べさせたことによってプリオンという病原体が感染し、羊にしかなかった病気が人間にも感染するようになりました。それをクロイツフェルト・ヤコブ病といいます。

それから、現在に至るまで、環境汚染に対してどんな言葉が投げかけられてきたかというと、「LOHAS」とか「MOTTAINAI」とか、かつてのアメリカ副大統領アル・ゴアが唱えた「不都合な真実」とか、江戸時代はよかったと唱える「エドロジー」、そして最近では「人新世《じんしんせい》」や「国際土壌年」。土壌が劣化して、このままだと地球の人口がかなり減ってしまうという発言も国連からなされています。

そんな中で、二〇一一年には福島の東京電力での原発事故（水素爆発）があり、それから二年後には、熊本で「水銀に関する水俣条約」という国際条約が結ばれています。これは大変重要で、MINAMATAは今では世界的な問題です。水銀汚染によって魚が汚染されて、沿岸の漁民たちや住民たちが障害を持ってしまったり、亡くなったりすることは世界中で起こりました。これをもう一度見直して、こういうことが起こらないようにしようという動きは、つい最近始まったばかりです。政野淳子《まさのあつこ》さんの『四大公害病――水俣病、新潟水俣病、イタイイタイ病、四日市公害』（中公新書、二〇一三年）を読んでいただくと、全体像がわかると思います。

年代ごとに事例をみると、以上のようになります。この中でいくつか重要な本が出てきたので、少し引用してみたいと思います。

【一九六〇年代】

『沈黙の春 Silent Spring』（一九六二年）、レイチェル・カーソン（一九〇七－一九六四）

著者は海洋生物学者で、主題は、アメリカで深刻化していた農薬汚染です。アメリカは、よく工業国と言われますが、それ以前に農業国なんですね。世界一の農業生産力を誇る。それを支えていたのは、トラクターと化学肥料、そして農薬でした。農薬を使いすぎて、非常に多くの身体障害者が出てきている状況を、カーソンは克明に論じました。

「自然は、沈黙した。うす気味悪い。鳥たちは、どこへ行ってしまったのか」。こういうSF的なタッチから始まる本です。「単一農作物栽培は、自然そのものの力を十分に利用していない」と大規模農園を批判していたり、「[汚染は] 合成化学薬品工業が、急速に発達してきたためである。それは、第二次世界大戦のおとし子だった。化学戦の研究を進めているうちに、殺虫力のあるさまざまな化学薬品が発明された」と書いています。

レイチェル・カーソン。彼女はヒロインとしてアイコン化されていた。

第二次大戦中にナチスが開発したさまざまな毒ガスは、戦場では結局使われなかったのですが、戦後にアメリカに移動して使われました。第一次大戦に使われた毒ガスは、大戦後に平和利用されて、農薬へと変わっていきます。戦争が環境破壊の背景にあるということが、今日の私のメッセージの一つですが、カーソンもそういうことを書きました。
透明で無色な化学薬品が、私たちの生活を脅かしている。そういうある意味でセンセーショナルなイメージを伴って、アメリカを中心に、私たちの環境意識が目覚めていきました。

『宇宙船地球号　操縦マニュアル Operating Manual for Spaceship Earth』（一九六三年）、バックミンスター・フラー（一八九五－一九八三）

この「宇宙船地球号」という言葉が大変重要です。ケネス・ボールディングという経済学者が『来たるべき宇宙船地球号の経済学』（一九六六年）という本の中でフラーの言葉を使って広まりました。経済学は人間が循環する生態系システムの中にいることを前提にすべきだ、という主張です。
『宇宙船地球号　操縦マニュアル』に書いてある内容は大変難解なので、僕もわからないところがまだ多いのですが、少し読んでみますね。

私たちには直観的で知的な能力があるから、遺伝子とかRNAとかDNAといった、生命システムの基本的なデザイン・コントロールを司る基本原理を発見できたし、核エネルギーや化学構造の発見についても同様だ。これらは宇宙船地球号の驚くべきデザインのひとつであり、その装備も乗員も内部の維持管理システムもこれらの基本原理に基づいてい

“Terre des Hommes” by Cédric Thévenet / CCBY-SA3.0
フラーが作った、三角を組み合わせたドーム型の構造。60年代の終わりから70年代には、地球破壊・環境破壊に対するひとつの答えとして、こういった意表を突くかたちのものも出てきた。

る。化学的な方法による驚異的なエネルギーの交換システムが、惑星であるこの宇宙船に乗ったすべての生命をうまく再生させているわけだが、こうしたシステムを私たちが今日まで誤使用し、酷使し、汚し続けてきたことは、いかにも逆説的だ。

地球というのはシステムであって、このシステムを誤使用し、酷使してきた。これが二十世紀の環境破壊の問題である、ということを言ったわけです。そして、その原因には戦争（第一次世界大戦、第二次世界大戦）があると述べています。

彼は非常に変わった世界観の持ち

主で、地球上のあらゆることが垂直の座標軸で決まりすぎているので、その座標軸を解体し、すべてを三角形によって見直せと言いました。それから、武器については、もっと効率化すべきだと言ったり、コンピューターやオートメーションをもっと進めるべきだと言う一方で、戦争自体にはなぜか反対だったり、原発にも反対だったりする。さらに、マルクスやマルサスやダーウィンが言うような「進歩」「進化」という概念にすべて反対しました。

「宇宙船地球号」という言葉が出てきた当初には、イメージの中に以上のようなものもあったということを覚えておいていただきたいと思います。なぜなら、今、私たちはこの言葉を、国連事務総長だったウ・タントというミャンマー人が言った言葉であるというイメージで覚えています。彼は一九七一年のアースデイに、「これから毎年、平和で喜びに満ちたアースデイだけが、我々の美しい宇宙船地球号に来るように。地球号が温かくて壊れやすい生物という貨物とともに回転し、厳寒の宇宙を巡り続けるかぎり」と述べました。宇宙船地球号というのは、限られた資源を積んだスペースシップで、とても調和的に存在していて、これがちゃんと回転して宇宙の厳しい旅を進んでいくように、という感動的な演説だったわけです。

他方で、実はこの宇宙船地球号という言葉が使われてきた背景には、フラーのように、宇宙はコントロール（オペレート）できるものだというイメージもあった。ある意味で機械的な存在として見ていることを考えると、実はこの六〇年代の終わりから七〇年代のエコロジー的な思想、あるいは「宇宙船地球号」的な思想は、けっこう紆余曲折しています。良く言えばいろんな可能性があったし、悪く言えば工業的なデザインも入っていたとも言えます。

【一九七〇年代】

『苦海浄土』（一九六九年）、石牟礼道子（一九二七　二〇一八）

　これは、後藤さんが最近読んでいるとお話しされていた緒方正人さんの『チッソは私であった』（河出文庫、二〇二〇年）ともつながってきますが、六〇年代末に出て、七〇年代に爆発的に読まれました。彼女は高校を卒業した一主婦で、女性が文章を書くということが、ある意味許されることではなかった状況の中で、水俣病の患者たちの話を聞き取って書いた。そういう書き手です。

　九州には当時、「サークル村」といって、たとえば炭鉱労働者のような下層労働者の話を聞いて、それをある種の文学的表現へと昇華していくという運動がありました。そういう流れの中に石牟礼さんはいます。石牟礼さんは天草の石屋の出身で、水俣に移ってきた方です。彼女も、私たちが安易に言ってしまうような環境思想とかエコロジーとかいうものとは違った、非常に生々しい書き方、見方をしています。

　キーワードは「猫」です。水俣病ではまず最初に、猫が全身痙攣《けいれん》をしてくるくる走り回って亡くなっていきました。猫は魚好きですから、魚を食べた猫がそういうふうになっていく。石牟礼さんは『熊本医学会雑誌』の「猫における観察」（一九五七年一月）を引用し、水俣病の患者さんたちから聞き取ったことを記します。「うちは、ほら、いつも踊りおどりよるように、こまか痙攣をしっぱなしでっしょ」と。人間もやっぱり痙攣していつも踊ってるように見られるんだということを伝えています。

チッソの排水溝から排出された有機水銀で魚が汚染された。そして、みんな魚を大量に食べることが普通なので、漁民、そして猫が、踊って狂ってしまったり、痙攣が止まらなくなったり、記憶力がなくなったりしていった。しかも、水俣には天草からやってきた人たちが多く、企業城下町だったということもあって、非常に差別的な目線で見られていくわけです。その差別的な目線で見られた人々の言葉を、一つひとつもみほぐしていったのは石牟礼さんだった。この迫力といいましょうか、エコロジーという「よそゆき」の言葉では漏れ落ちてしまうような事象を言語化しようとしてきた石牟礼さんの仕事は、とっても重要だと思います。

それともう一つ。これも一人の患者の聞き取りを引用しているのですが、補償の問題です。チッソが、自社の責任は認めないけれども、とりあえずわずかな見舞金を出す。あるいは責任を認めた後に、補償の交渉が始まります。そういう状況下にある水俣の住人が、こう言っています。

銭は一銭もいらん。そのかわり、会社のえらか衆の、上から順々に、水銀母液ば飲んでもらおう。（略）上から順々に、四十二人死んでもらう。奥さんがたにも飲んでもらう。胎児性の生まれるように。そのあと順々に六十九人、水俣病になってもらう。あと百人ぐらい潜在患者になってもらう。それでよか

これも、いわゆるエコロジー思想と私たちが言っているようなものから、完全に抜け落ちている、声なきものとして忘却しようとする大きな権力への怨恨《えんこん》。企業も認めない、国もほったらかしにしている、その中で、見舞金という本当にわずかなお金をチッソが与えるといったとき、どういうふうな言葉が出てくるか。たとえば、患者さんがチッソの役員たちや社長の前で、「これは排水溝から取ってきた水だ。あんたは安全だと言うんだろう。安全だと言うんだったら、これ飲んでくれ。今そこで飲んでくれ」と。こういう映像を国立歴史民俗博物館で観たことがあります。

何を申し上げたいかと言うと、本当に公害というものを理解するためには、その場で生きて、その場でご飯を食べて、その場で水を飲まないと、わからないものであるということです。今は歴史さえ忘れ去られていくという状況にあるのですが、それ以上に、私は何か言いたくて、おそらく後藤さんであれば何か理解してくれるだろうと思って、これらを引用しました。

『公害原論』（一九七一年）、宇井純（一九三二－二〇〇六）

これは今読んでも名著だと思います。彼は東大工学部時代に、助手でありながら、規則に違反して講義をしました。自主講座で、職員・市民に開放した「公害原論」という夜間のゼミをやります。東大時代の彼はこのままでは万年助手だったわけですが、八六年に玉野井芳郎という経済学者に呼ばれて、沖縄に渡ります。もともと日本ゼオンという化学企業に勤めて、高岡工場で働いていたとき、水銀を川に流した経験もあると語っていますが、大学に戻って研究をした技術者でもあります。彼の「開講のことば」が胸に沁みるので、読みたいと思います。

公害の被害者と語るときしばしば問われるものは、現在の科学技術に対する不信であり、憎悪である。衛生工学の研究者としてこの問いをうけるたびにわれわれが学んで来た科学技術が、企業の側からは生産と利潤のためのものであり、学生にとっては立身出世のためのものにすぎないことを痛感した。その結果として、自然を利益のために分断・利用する技術から必然的に公害が出て来た場合、われわれが用意できるものは同じように自然の分断・利用の一種でしかない対策技術しかなかった。しかもその適用は、公害という複雑な社会現象に対して、常に事後の対策としてしかなかった。

ここが重要ですね。私たちは科学技術というものを持っているんだけど、公害については常に事後的にしか対策できなかった。

それだけではない。個々の公害において、大学および大学卒業生はほとんど常に公害の激化を助ける側にまわった。その典型が東京大学である。かつて公害の原因と責任の究明に東京大学が何等かの寄与をなした例といえば足尾鉱毒事件をのぞいて皆無であった。

私は『農の原理の史的研究』という本でこのことに少し触れましたが、足尾鉱毒事件のときには、横井《よこい》時敬《ときよし》という農学者が農民に頼まれて調査をしました。

建物と費用を国家から与えられ、国家有用の人材を教育すべく設立された国立大学が、国家を支える民衆を抑圧・差別する道具となって来た典型が東京大学であるとすれば、その対極には、抵抗の拠点としてひそかにたえず建設されたワルシャワ大学がある。そこでは学ぶことは命がけの行為であり、何等特権をもたらすものではなかった。

「ワルシャワ大学」は何かというと、表現の自由などが押さえつけられているロシア帝国の支配下で、祖国を持たないポーランド人たちが地下に潜って営んでいた大学のことです。つまり、表向きは政権を批判できないんだけれども、地下でテキストを交換して、こっそり学問が営まれていた。これにならいたいということです。

立身出世のためには役立たない学問、そして生きるために必要な学問の一つとして、公害原論が存在する。この学問を潜在的被害者であるわれわれが共有する一つの方法として、たまたま空いている教室を利用し、公開自主講座を開くこととした。この講座は、教師と学生の間に本質的な区別はない。修了による特権もない。あるものは、自由な相互批判と、学問の原型への模索のみである。この目標のもとに、多数の参加をよびかける。

これは私の好きな言葉なんですけど、私もできるかぎり開いた大学を目指していきたいと思っているということもあり、これを引用しました。私たちももしかしたら、未来には、京都地下大学みたいなものを作らなきゃいけない時代が来るかもしれません。

そういえば、ベラルーシの作家、スヴェトラーナ・アレクシエーヴィチが福島について発言したとき、「日本社会には抵抗というものがない」と断言している映像を見たことがあります。私たちはすごく重い宿題を与えられた、という気持ちになりました。その中で私たちはもう一度抵抗の文化を作っていかないといけない。

まず、運動の争点をクリアにする一方で、その複雑さ、一筋縄ではいかない有様に知的に耐えたい。今起こっていることは、一見すごくクリアに見える。悪いものが悪く見えるし、いいものがいいように見えるんですけど、ただ、その中にある複雑さに耐えること。エコロジーという言葉一つとっても、一筋縄ではいかないわけです。今のドイツの緑の党も、ある意味妥協の産物として政権の中に存在していて、環境破壊よりも人権の問題を先に打ち出しています。それから、ＮＡＴＯによるセルビアのコソボの空爆については賛成に回った党員もいます。そういう非常に複雑な環境思想があります。

そして、七〇年代や八〇年代にあった可能性と、現在の可能性とを、ドロドロに混ぜあわせて、抵抗の素材にしたい。現在主義に陥らないでいたい。七〇年代、八〇年代の新聞を読むと、私たちが今はもう感じないような、いわば仇討《あだう》ちに近い発言とか、絶対許せないということに対する許せなさの強度とか、それから、その場で生きてる人々のどうしようもなさとかがあって、私たちの現在の世界は、すごく綺麗になったなという印象を感じることがあります。

もちろん、後藤さんと新聞を読みながら、今の時代のほうがいいこともあると気づきました。女性に対する書き方の中に、信じられないぐらい差別的な言葉があったりするし、進歩しているところは進歩していると思うんですけど、他方で、失ったところはやっぱりかなり失ってしまったと思います。

公害の中では、苦しめられるほうが逮捕されてしまうということも起こった。水俣でも四日市でも、実は最初に行動を起こしたのは被害者側で、その人たちがガラスを割ったり、何かしらの行動を起こさないかぎり、人に伝わらなかったということですね。それから、地域の有力者が開発しようとして、結局、現場の人々の声は届かない。その怒りから現場の人々が立ち上がっていくということが、六〇年代〜七〇年代に見られた。政府は常に企業の味方をする。これは今に始まったことではないということです。企業も最後まで自分の非を認めたがらない。これも今も変わらない。それから、企業も政府も事を荒立てたくない。これもデフォルトとして常にある。

そんなときに、最初の占いにもありましたけれど、「衝動的に何かを始める」ことをやめないでおきたいと思います。衝動的に何かを始めるということを、たぶん後藤さんもすごくいろんなところでやってこられたし、私も、小さいけれども何か衝動的に突き動かされて、あとのことをあんまり考えないでやってしまったことって、けっこうあると思います。

たぶん七〇年代、八〇年代に起こったさまざまな運動は、計算ずくで運動するということはほぼありえなかった。それぐらい追い詰められていた。その空気を、やっぱり今日お伝えしたいなと。後藤さんは「The Future Times」という新聞を、ある意味の衝動に突かれるようなかたちで作られていると思います。やっぱり、七〇年代、八〇年代にあった力みたいなものを確認したくて、今日はこういう発表をさせていただきました。これで終わりたいと思います。ありがとうございました。

「被害者と加害者」を超えて

ずっと続く、「無責任の体系」

後藤　講義、とても面白かったです。常々思うのは、やっぱり責任者がいないというか、誰も責任を負わなくてすむ仕組みになっているということなんですよね。『チッソは私であった』で緒方正人さんも、結局ものすごく大きなシステムの中で、自分が何に対して怒っているのかとか、その向きがわからなくなるんだと書かれていますが、その根深さを思うというか。

そして、この公害に対しての、企業とか社会とか政府の態度が、今の時代にも、すごく大きな影響を与えていると思うんです。たとえば原発にしても、コロナのワクチンにしても、どこかで科学を信用できない。これは呪いに近いと思うんですよね。今、藤原さんのお話を聞きながら、自分たちの今の社会にもまったく無関係じゃないと思いました。

藤原　今、後藤さんが指摘をされた大事な一つが、無責任の体系ですよね。私のような歴史学者たちは、その言葉から、丸山真男という政治学者が言った「無責任体系論」というのを思い出します。つまり、誰も第二次世界大戦、アジア太平洋戦争の責任を取らなかった。それまで軍国主義者だった学校の先生も、一九四五年八月十五日を境に民主主義者になっていった。政治家や軍人が東京裁判にかけられたりしたけれど、しかし官僚たちはそのまま居座ってしまった。それから、戦争をやるということに印鑑を押した、トップにいた昭和天皇は、結局、責任を取って退位をしなかった。

責任はどこに行ったのか。上を見上げたら青空だった。そういう状況の中で、日本の戦後が始まってしまっている。そして後藤さんの診断だと、その無責任の体系は今に至るまで続いている。そもそも、日本自体が、責任を果たすことが苦手な社会文化なんだと丸山さんは言いましたけれども、たとえば水俣病事件の責任がどこにあるのか、裁判でしか明らかにできなかった。

裁判はすごく大事で、裁判なしにはこの社会は成り立ちませんけど、当事者にとっては最終手段であるわけですね。水俣病患者が出てきたその瞬間に、企業がそれを認めてすぐ排水を止めて、説明をして、補償を始めれば、裁判はしなくたってよかった。でもずっと企業も国も認めなかった。

そういうふうに、責任という問題について、私たちは散々公害で学んだはずなのに、今に生きていないというのは、私もそう思います。

自分が当事者であるという想像力

後藤　あとは、それぞれがどうやって反抗するのか、ということも今に続く問題で、緒方さんは水俣の公害の被害者でもありますが、自分がチッソの中にいたとして、自分に何ができたかということを、自分に問うわけですよね。

それは、僕たちも今、それぞれの立場から自分に対して問うことができることで、すごく大事なことなんじゃないかと思う。大きなシステム、会社とか組織の中に自分がいて、倫理的にこれはまずいとなったときに、たった一人でも、孤立してでも、そこに抗うことができるのか。

僕たちは、社会の中で、チームや家族がより良い暮らしをするためだったり、自分が組織の中でいい立場に向かうために、ある種、売り払っている何かがある。そういうところからまずやめていかないと、こういう問題の解決には突き当たらないんじゃないか。

たとえば東京電力のことを考えると、おそらく天文学的な賠償があると思うんですけど、それって結局、もはや我々の税金から支払われることになりますよね。それは、そもそも東京電力が責任を負っていることになるのか。一方で、僕らは電気の消費者であることは間違いないわけで。手放しに、東京電力だけが悪いと言えるのかという問題もある。

僕は震災当時、「お前らミュージシャンは電気を使っていたじゃないか」と言われたんですけど、本当そのとおりなんですよ。でもそれは僕だけじゃなくて、言ったその本人にも向けられる言葉だと思うんです。

僕らは、生まれたときには地元の浜岡に原発があって、何かを承認したわけじゃないし、受け入れたつもりもないけど、とくに疑問を持たずに暮らしてきたことは間違いなくて。

藤原 そうですよね。

後藤 どんどん成長していこう、という資本主義の中で生きてきて。だから、自分だけ無謬《むびゅう》である、誤りがない、という立場に立つのは、すごく危ないことなんじゃないかと思う。世の中を本当に変えていったり、戦争をなくしたりするためには、自分が当事者である、という想像力をみんなが持たないと、全然だめというか。

選挙の投票率が低いままというのも、もう圧倒的に当事者だと思っていないからなんですよね。みんな消費者になっている。昨日の夜、有権者と消費者の違いをどうやって説明したらいいんだろうと考えていたんですけど。

藤原 それはどう違うんですかね、重要なテーマですね。

後藤 僕は、政治家は、たとえばコンビニとかファミレスを選ぶような気持ちで選んじゃいけないと思うんです。自分にとって一番思いどおりのサービスを提供してくれる人を探すとか、これだけの対価を払っているんだから早く料理を持ってこい、みたいな消費的な態度で政治家のことを測っていると、「私に合うお店がなくて自炊するので、そもそも投票に行きません」

となってしまう。そうなると、投票に行く集団のところに力が集まって、権力自体が偏っていきますよね。

一方で、僕たちは有権者なんだから投票に行くべきだということを、どう言葉にしていったらいいのか。このあたりが僕にとっては最近悩ましい。これは、みんなが、いろんな物事を当事者として考えていないということともつながっているんじゃないかと思います。

消費社会は脱政治社会

藤原　なるほど。今、緒方さんの話から、消費社会における主体性のなさという話に行ったのですが、その流れ自体はけっこうユニークだと思うんですよね。もうちょっと考えてみると、私たちは、被害者意識はすごく強く持てるけれども、加害者意識を持つことはすごく難しいと。もし私たちが政治について、主権者として権利を行使しているという意識を持つのであれば、私たちはすでに悪いことをしているというか。

後藤　うん、うん。

藤原　つまり責任が発生しているわけですね。浜岡原発の話をされましたけど、私が生まれたときには、島根にもすでに原発があって、これに対して自分の責任はないと感じるけれども、しかし、「戦後責任」という言い方があるんですね。これはどういうことかというと、戦争の記憶、あるいはその後遺症で苦しんでいる人たちと向き合う責任は、たぶん戦後生まれの人たちもあるはずだと。

こういう言い方があるとするならば、「原発後責任」というのも、たぶん私たちにあるのではないか。危険性に気づかずに止められないまま生きてきた責任があると考える。選挙に行こうよ、ということの根源には、ひょっとしたら、そこに対する想像力が、今まであまりにも欠けていたこともあるのかなと、今お話をうかがいながら思いました。

後藤　本当にそうですよね。ただ戦後責任みたいなことを言うと、ヒステリックに「私たちにそんな責任はない！」と怒る人がいる。

藤原　そうなんですよね。

後藤　とても難しくて、言葉を探さないといけないと思うんですけど。でも僕らには、過去だけではなく、もちろん未来に対する責任もある。

たとえば原発の廃棄物の問題にしても、十万年管理が必要な物質を未来の世代に残すことは、恥ずかしいことなんじゃないのかという問いがある。それは本当にゴミ一つとってもそうで、僕たちが毎日出しているゴミは、焼却場で燃やされたり、他の街の最終処分場に埋められたりしている。だから僕らも、物を一つ買ったり捨てたりするだけで、ある種の公害みたいなものに、現在進行形で加担しているわけですよね。

そうやって全部つながってしまうんだけど、とりあえず自分が食うため生きるため、楽しく暮らすために、悩みもアウトソーシングしているというか、考えないことにしている。だから、みんながある種の原罪というか、言葉が合っているのかわからないんですけど、罪深さを、少しずつ手放しちゃいけない気がする。

藤原　そうですよね。そうやって捨てられたものは結局、微生物たちや小さな動物によって分解されないので、遠い未来まで残らざるを得ない。放射性物質がその最たるものですけれども、地球に、未来世代に、とてつもない負債を残してしまうかもしれない、という危機感が、おそらく私たちが生まれる前後からかなり急速に世界的に広まったと思います。

私が大学に入ったときに、「消費社会」という言葉を社会学の先生が何度も言っていた。その頃は、別にあえて言葉にしてテストに出すようなことではないのではないかと思っていたけど、最近になってよくわかるのは、経済成長の時代までは消費社会はなかったんですよね。

後藤　なるほど。

藤原　つまり、商品にしなくても、かなりの部分のものは自分たちで作れたということが一つと、もう一つは一九六〇年代になって、消費が、ある意味生き方になってしまった。

後藤　うん、うん。

藤原　何かを買う、持っていることが、自分のアピールのかなりの部分を占めるようになった。他の人との差異、自分を認めてもらうことさえも、消費にアウトソーシングするようになったし、さらに進んだところに、後藤さんがずっと気にしていらっしゃる、政治の話がつながってくる。
消費社会というのは、脱政治社会と言い換えてもいいと思うんです。かつて、六〇年安保で、すごい人数が国会議事堂に集まったときに、「国会周辺は騒がしいが、銀座や後楽園球場はいつも通りである。私には『声なき声』が聞こえる」と言った政治家がいるんです。これはある意味そうで、やっぱり動員数にしても熱中する時間の量にしても、生活とか政治に向いていたものが、消費に向かってしまった。
その反省をするならば、やっぱり、私たちが生まれたぐらいの時期まで戻って考えるというのは、大きなことだと思うんですよね。

後藤 確かに、もう消費に否応なく組み込まれていて。

値札がついていないもの

後藤 でも一方で、最近ちょっといいなと思う流れとしては、時々、値札のついていないものに出くわすんですよね。

藤原 それはどういうことですか？　値札のついていないもの。

後藤 「シェア」という言葉で語られたりもするんですけど、技や知識と物や体験を交換するというか。僕自身、音楽で、仲間のために引き受ける、対価をもらわない仕事がけっこうあるんですよ。そこにいられるだけで勉強になるから、それが自分の報酬でいいという感覚で。

藤原　勉強が報酬って、いいですね。

後藤　それは、お互い様であったりもする。僕の友だちは物技交換《ぶつわざ》と言っていて。たとえば、僕のホームページを更新してもらう代わりに、僕の新しい音楽は全部、作り次第、聞いてもらえるようにするよみたいな。

藤原　なるほど。

後藤　そういうのは、とってもいい逸脱の仕方だなと思っていて。緒方さんもおっしゃっているのは、今はもうほとんど、人間にも、臓器のすべてにも値札がつき終わって、ついていないのは、魂とおならぐらいだって。僕、なんかすごい屁《へ》が好きなんですよね。響きも漢字も好きだし、なんでこんなにおかしみがあるんだろうってずっと考えてたんですけど。

藤原　そんな人、初めて会いました。

後藤　それも、もしかしたら値段がついていないからなのかなって。値段がついていないこと、魂を売らないことは大切だと思う。

藤原　そうですよね。ひょっとしたら今、魂にも値段がつき始めていて、私たちはそれに抗っているのかもしれない。たとえば学者の世界でも、ふと「この研究テーマを選べば、多くの人が読んでくれるかもしれない」という下心が出ることがあるんです。本当に重要なテーマではなくて、ある意味、人が好んでくれそうなものを選んでしまうことがあったりする。そのときに実は、魂を売っている可能性がある。

宇井純さんが『公害原論』でずっと論じているのも、たぶんそこで、自分たちが工学部で教えていることは、基本的に公害に寄与することばかりだったんじゃないかと。

後藤　うんうん。

藤原　それで反省して、市民も職員も関われる夜間の講座を始めるんですけど、そこで宇井さんがしゃべる言葉には､値段はない。資料代は払ったかもしれないけど。それは後藤さんがさっきおっしゃった、技術や知識を交換するというのと一緒で、市民とつながることで自分も学べるから、やっていたのだと思う。

知識にも今、値段がついてきてしまっていて、そこを自由にすることが、実は環境のコモンズを自由にすることにもつながる。後藤さんも私も、大きく言うと学芸の世界に生きていますが、一見、社会の付属物に見えるその部分に値段がつけられていくというのは、社会の中央部分の問題であったりする気がしました。

「被害者と加害者」を超えて

後藤　だからこういう話をするときに、自分をまったく棚に上げられないんですよね。というのも、ＣＤをプラスチックケースに入れて、一〇〇万枚売ったやつらが大成功者みたいな時代が長く続いて。自分のCDが一〇〇万枚ぐらい売れないかなって、二十代の頃はやっぱり思ってたわけですよね。それがどんなことかということをあんまり考えないで。

たとえば今だって、自分たちの活動費を捻出するために、いろんなグッズを作ったりしている。こういう話はしないほうがいいのかもしれないんだけど、そこに発生する環境負荷というのも、やっぱり考えなきゃいけない。

どうして俺、雑誌の取材を受けるたびに新しい服を着なきゃいけないんだ、という悩みがあって、昔、それに抗って同じ服で出ていたら、「また同じ服だよ」と言われたり。

藤原　へえ、それは大変ですね。私いつも同じ服です。

後藤　僕はそういう存在になったことはないけど、ロックミュージシャンとか、俳優とか、芸事に関わっている人たちは、ファッションアイコンとして持ち上げられる。それはもう、消費の最先端の椅子に座るみたいなところもあるわけで、それが本当にクールなことなのかというのは、ちゃんと考えないといけないんじゃないか。

片やでも、そういう人たちが環境問題にひと言言ったりするわけじゃないですか。僕も含めてですよ。「いやお前ら罪ないのか」って言われたら、とても罪がないとは言えない。自分もその罪を強く担っている認識があるから、やっぱり環境については何か考えなきゃいけないし、アクションを起こさなきゃいけないという気持ちが、どうしてもある。

でも、先ほど藤原さんが言ったように、僕らもどこかで何らかの加害者なんだということを認めるのって、なかなか苦しかったりするんですよね。たとえば、この社会がいかに男性優位にできているかということが、昨今ではいろんなところで記事になっていて、それを見るたびに、やっぱり苦しい。胸に手を当てれば、「愚かなことをした」「あんな言い方した」ということがあって、変わっていかなきゃいけないと思う。

そういうときに、急に自分が加害者にされた、みたいな気持ちになって怒り出す人も、たくさんいる。自分がどう言われているとか、どういうことをしたかというのももちろん大事で、反省しなきゃいけないんだけど、一方で、この社会のありようのせいで被害者の立場にいる人たち、ある種のストレスとか生きづらさを抱えている人たちに目を向けることが、僕らにとってすごく大事な責任なんじゃないかと。

今、コンフューズがあるというか、被害者と加害者という二つの言葉の前で、みんな立ち往生して、飲み込めない、進んでいけないことが問題で。どうやったらみんなで上手にやっていけるのか、話していかなきゃいけないなって、最近すごく思うんですね。

社会的な発言をするということ

東日本大震災であらわになったこと

藤原　私にもすごく響いた、というよりは針が刺さったような気がします。後藤さんの朝日新聞のコラムやツイッター（現X）の発言では、それでもあえて、ある種の加害者に対しては、「それは加害である」と伝えることを諦めずに、引き受けておられるし。

今いる京都大学なんて典型的な男性中心社会で、いばりたい人はいばる中で、学問とか語っちゃっているわけです。足元を見れば、本当に縮こまりたい思いにもなる。それを突き詰めていくと、私たちは何も語ってはいけないというふうになってくると思うんです。

たとえば四大公害を取っても、石油化学コンビナートのおかげで私たちはビニールを使えたわけだし、あるいは水俣に行けば、チッソという会社がどれだけ多くのものを作っているか、市立水俣病資料館に貼ってあるのですが、それはほとんどが私たちの生活に関わっているものです。

私たちが逃れられないものを担っている企業が公害を起こしてきたわけだから、当然私たちもその一部であると言える。ただ、だからといって何も言わずに終わってしまうのも逃げだということを、後藤さんは、音楽の業界という、とりわけそういう発言をすることが厳しい状況で、あえて言葉にされている。それは、どこかで何か、決断をされたと思うんです。その辺は、どういう踏ん切りをされた感じですか。

後藤　社会的な発言をすることについてですよね。一つは友人から「ゴッチは清志郎みたいにやんなきゃ駄目だ」って言われて。

藤原　なるほど、忌野《いまわの》清志郎さん。

後藤　震災より全然前に、ストレイテナーというバンドのホリエアツシくんという親友に、そうなっていったほうがいいんじゃないか、というふうに言われたんですよね。

藤原　いいお友だちですね。

後藤　当時は「そうなんだ」ぐらいに思ってたんです。でも、何となくその言葉は刺さっていて。

あとやはり、震災という経験は、僕にとって大きかったです。あの東日本大震災であらわになったのは、僕たちが見ないようにしてきたことだと思った。音楽をやることも不謹慎とされたんですよね。でも不謹慎と言われようが、音楽をやりたかった。人前で何かを歌ったり書いたりすることって、こういう状況で何を書けるかではないか、というところに、自分としては突き当たった。

もうこれは卑下《ひげ》もせず、おごり高ぶったりもせず、とにかくまっすぐ書こうという気持ちになったし、社会に対する責任感が、そのときにムクムク芽生えていった。こういう困難の中で、何も発言しないとか行動しないっていうのは、未来に対する責任を果たしていないんじゃないかと思って、仲間を募集して「The Future Times」という新聞を作り始めて。それが大きかったですかね。

藤原　なるほど。

「政治的」と「社会的」は違う

後藤　こんなことを言ったら売れなくなると考えることは、とても政治的なことだと思うんです。

藤原　わかります、そうですよね。それをどうされているんですか。

後藤　たとえば、めちゃくちゃな上司がいて、でもその人に逆らったら出世しないから流しとこう、みたいなことって、組織の中での政治的な態度ですよね。でも僕はけっこう、抗ってきた。たとえばソニーがレーベルゲートというコピーコントロール機能をCDに導入したとき、僕らはデビュー当時ですから駆け出しのペーペーだったけど、これはないと思ったんですよね。

　これはリスナーを疑う行為で、技術的にもまだ未完成なものに、僕たちの音楽を入れて売り出そうなんていうのは本当にふざけていると思ったし、バンドに決定権がないのはおかしいということで、ソニーには反対の意見を伝えて、説明会も開いてもらった。現時点ではどういう技術で、どういう目的なのかを聞いて。バンドとしては、どういうところが不満なのかも全部伝えたし。

でも、その戦っているところを、世間には見せられなかった。これは僕の政治的な態度でしたけど、表向きにその批判を書くのはやめたんです。どうしてかと言うと、ネットを使って外から攻撃していくと、たぶん企業の側が硬直して、対話がうまくいかなくなって、コピーコントロールディスクしか採用しない流れになると感じた。スタッフたちと内側で話し合っていたから、外からは見えなくなったけど、成果を得るためには必要なことでした。こっちが本当の政治的な態度なんだって、僕は思ったんですよ。売れなくなるから黙っていたということではなくて。

藤原　それが政治ですよね。

後藤　実際に変わってもらうために、どういう行動をするのかということが、本当の政治なんだと思います。だから、僕が社会に向けて何かを言っているというのは、全然政治的なことではない。社会的な問題をみんなに知ってもらうためにやっているから、社会的な発言なんだって、ずっと言ってるんですけどね。

藤原　政治的じゃなくて。

後藤　みんなが嫌いな「政治的」というのは、売れ線の曲をねらって書くとか、こういう曲ならリスナーが気に入るんじゃないかみたいな考えのことを指すべきなんじゃないかと思います。そういう考え方が、リスナーの想像力を値踏みしたり、囲ってしまったりする。フェスに出たいから、そのフェスに問題はあるけど、発言しないでおこうと考えるのも政治的な態度だと思う。自分の話ばっかりして、「俺はこんなに反抗的だ」ってアピールしているみたいで、すごくダサくて嫌だけど。

藤原　いえいえ。

後藤　でも、震災のすぐあとにロック・イン・ジャパン・フェスティバルをやったときには、ちゃんと公園の線量を調べるべきだとも発言したし、まだ当時は状況がわからなかったから、なるべく子ども連れは参加しないほうがいいんじゃないかと率直に書きました。わからないものに対しては、そう伝えることしかできないから。その会場が、茨城の原子力発電とも関係の深い公園だったけれど、お願いして、巨大スクリーンには「THINK」「NO NUKES」と出してもらいましたし。

こうした表現が政治的なのか？　って僕は思ってしまうんです。すごく難しい。それに不快感を持つ人がいてもいいと思っているというか。それが自分の表現だし。アートっていうとおこがましいけど、でもアートなんだよなって思うんですよね。どうやってみんなの心の中に波風を立てるのか。何か物事に対しての別の角度を与えるのか。それはいいものであっても悪いものであっても。

この宴《うたげ》は俺たちにとって楽しいけど、どうなんだろうという問いは、表現にとってとても大事なことだと思う。だから、どうしたらいいんですかね。僕が思っている政治的なことと、みんなが思ってやめてほしいという政治的なことの角度が、全然違う気がして。

藤原　後藤さんのようなロックの世界を牽引している人が、何かに対しての違和感を表明するというのは、僕らからすると勇気づけられる。言い続けている、あの人がいる、と思えること自体が、やっぱり僕たちの心を楽にするんですよね。それは、後藤さん分析になって恐縮なんですけど、たぶんソニーとガチンコ政治をやったからだと思うんです。

僕も後藤さんほどじゃないですけど、やっぱり大学の中で何回かこっそり、とても今公言できないようなガチンコをやりました。それ自体は成功したり失敗したりをしてきたんですけど、本当に際どいことって公言できないことばっかりで。それでも何とかそこに介入しようとした人の公的な発言というのは、やっぱりすごく重みが出てくると思うんです。

聞き手、読者を信用する

藤原　それともう一つ、後藤さんと私の共通の知り合いに渋谷敦志さんというフォトジャーナリストの方がいらっしゃいます。最近ではコロナ下の看護師さんたちの写真を撮られたりしていて、私がそれをすごく気に入って研究会での発表をお願いしてお会いしたら、後藤さんの

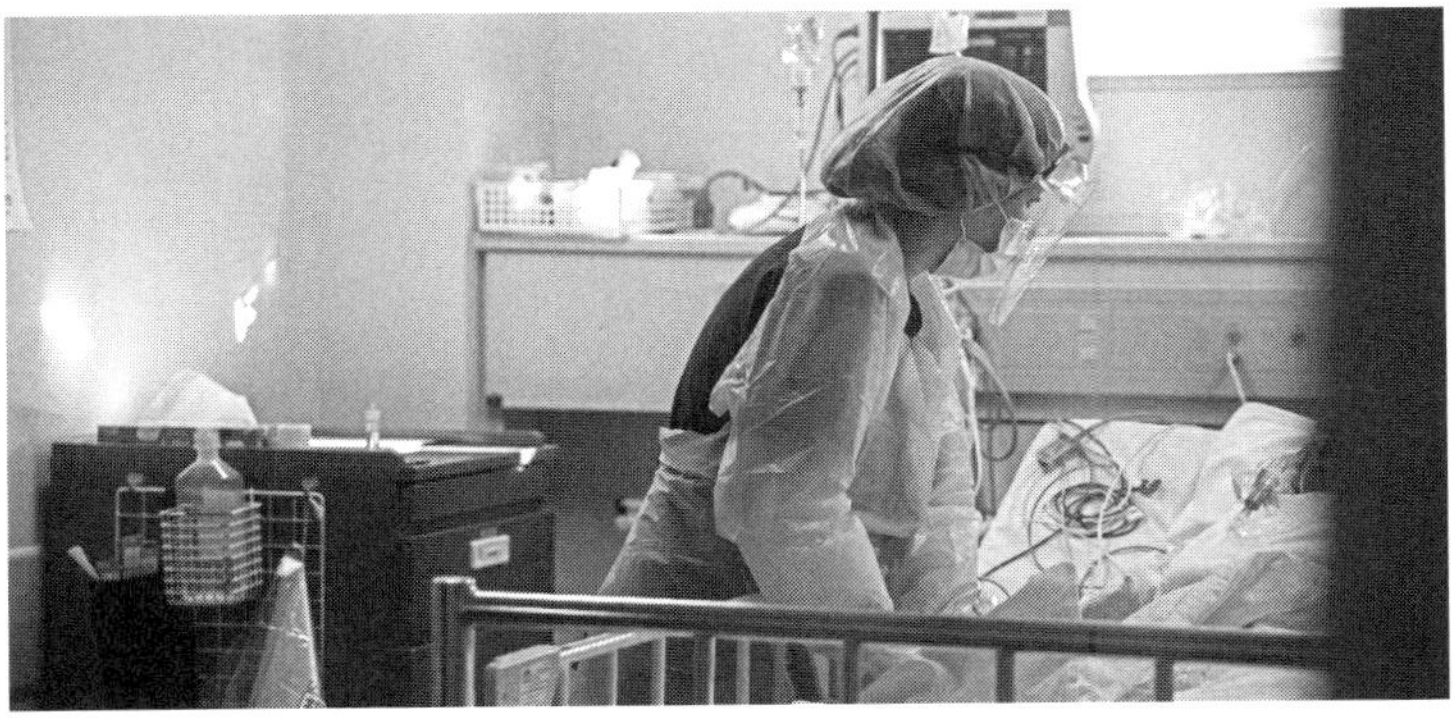

撮影：渋谷敦志、協力：日本赤十字社

「The Future Times」でも、一緒に福島に行ったり、行動されたりしてきたそうで。

彼は難民キャンプに行って、世界各地の難民たち、国境なき医師団の医師たちや患者さんたちを撮ってきていて、写真の撮り方の覚悟みたいなものが、後藤さんと似ている気がするんです。

彼の場合は、現場に行ってある意味の苦しみを味わわないかぎり、写真を撮る資格がないと思うという、自分にとても厳しい人です。そう聞くと、すごく崇高《すうこう》で偉人のような感じがするけど、そうではなくて、否が応なく現場に巻き込まれて、食べるご飯もわずかしかなかったというような、その中で自分が最大限できることはシャッターを切ることだという。

今日、公害の話をしたかったのは、後藤さんが今、話してくださったことを話したかったからだと思うんです。私たちは、否応なく、生まれ落ちた瞬間にもすでに巻き込まれていて、それ以降いろいろな活動をしても、ずっと加担し続けている。でも、それを認めるところがスタートじゃないのということを、渋谷さんの写真からも感じていました。

後藤　渋谷さん、本当にすごいですよね。南相馬に一緒に行ったのですが、福興浜団《ふっこうはまだん》という地元の行方不明者の捜索とか救助の活動をされていた消防団のみなさんを、いきなり撮影してコミュニティに食い込んでいく。そのときに感じた緊張感とか罪悪感……僕は被災地に初めて行ったとき、まったくカメラを出せなかったです。携帯一つも。

藤原　ああ、そうですか。

後藤　「The Future Times」の取材で行ったときも、俺にはこの景色を撮る資格がないなという気持ちがあった。渋谷さんの活動を見ると、もしかしたら、それぞれがそれぞれの分野で、ある種の決意を持って踏み越えているところがあるのかもしれないですね。

僕自身、魂というか倫理というものは自分の中ではあって、何でも言っていいんだと思っているわけではない。ただ「こんなこと言ったらお客さんが減る」と思うことは、めちゃくちゃ消費者マインドだという気がするんですよね。

僕が、ある種の人道に対するラインを踏み外さないかぎり、自分の音楽をまっすぐ聴いてくれる人たちとか、僕が美しいと思っているものを同じように美しいと思ってくれる人たちがどこかにきっといるみたいな、そういう信頼が社会に対してある。

たとえば、そういう人たちが一〇〇万人集まらなくても、そういう人が実際に存在することが幸せだと思うんです。数を求めたり、いくらお金が儲かるかで考えたりしなければいいだけの話で。もしかしたら、いつの間にか自分のことも、消費社会、資本主義社会の物差しで測ったりして、ちょっとずつ何らかの能力を自分自身で弱めているのかもしれない。そういう考え方からも、どんどん脱却していきたいです。

藤原　今日はなんか、整体師に体をいろいろ治されているような気持ちになるな。本当にそう思います。

本でもやっぱり部数とかで考えると、どうしても競争社会になるんだけど、基本はやっぱり読者を信用している。こんなこと書いても誰も読んでくれないだろうみたいなマニアックなことも、自分の心が震えているから書く。何十万部売れるかもしれないと思って書くことはないわけですよね。

そして、その信用している読者というのは、一方でたとえば、投票しない有権者かもしれない。政治に参加しない、ある意味ですごく不信に思っている公衆というか。私たち一般人というジャンルに、両方とも入ってるわけですよね。だけどそれでも、何か受け止められると思って発信する。それは、六〇年代七〇年代にちょっとずつ失われてきていたものかなぁという気が、今、お話をしていて、してきました。

後藤　あと、射程が長いことって、やっぱりいいんだなって思ったんですよね。緒方さんが本の中で、公害に対する自分というのが、もうほとんど終わりのないものになったんだという話をされていて。

たとえば、社会への発言も、明日の選挙の投票率に影響を与えようと思うんだったら、それはけっこう浅ましいというか、消費のタイムスパンで物事を考えていると思う。僕がすごく勇気づけられたのは、佐々木中《あたる》さんという方が、『切りとれ、あの祈る手を』（河出書房新社、二〇一〇年）という本の中で、ドストエフスキーの頃のロシアは、ものすごく識字率が低くて、その時代を、あの名著は生き抜いてきたんだと書かれていて。

書き手としては、非常にエネルギーをもらうわけですよね。つまりそういう射程で僕たちも書き抜かなきゃいけない。今日明日のヒットチャートで一喜一憂しちゃいけない。本当に残酷だけど、今や一瞬売れたとしても、二週間後には誰も見向きもしなくなったりするわけで。

藤原　佐々木さんのおっしゃったこと、すごくわかるんです。今、唐突にですけど、この前、那須耕介さんという法哲学者の人から聞いた裁判の話を思い出しました。裁判って、結審するじゃないですか。つまり最終的に勝者敗者に分かれる。だけど、大事なのはプロセスで、裁判が終わった後も大事だと。もし完璧な正義の人がいるなら、その人が「はいこちらが悪い」と決めればすぐ終わるのに、なぜ人間はわざわざ裁判なんていう面倒くさいものを編み出したか。それは、決着をつけさせるためではなくて、たとえ人殺しでも、どんな悪いことをした人でも、弁明の機会、言葉を投げかける機会を与え、その言葉を社会に投げかけて、終わりなき問いをずっともたらすためだと。

何が言いたいかというと、今までの四大公害も全部裁判になって、終わったけど、終わっていない。裁判自体が続いているだけじゃなくて、緒方さんが本に書かれているように、問いが終わっていない。十年、二十年という問いじゃなくて、百年、二百年の問いを、水俣の患者の人たちは引き受けて発信してきている。

『罪と罰』も『悪霊』もとても好きなのですが、ドストエフスキーがその低い識字率の中でも、封建社会と近代社会がぶつかるきしみから湧き起こるものを小説に書いて、百年耐えてまだお私たちの心を揺さぶっている。それは、みんなに読まれたいという思いもあったかもしれないけど、それ以上に、書きたいことを書いてるからなんですよね。当たり前なんですけどね。

私、『ナチスのキッチン』（水声社、二〇一二年。共和国版は二〇一六年）である賞をいただいて、その後にお祝いで飲み会をしたんですけど、そのときに師匠にものすごく怒られたんですね。一つは本の内容について、議論を急ぎすぎていて沈着冷静になっていないということと、資料を読み砕いていないということ。もう一つは、不特定多数の人々に書こうとしすぎたのではないかと。キルケゴールの『死に至る病』という哲学書があるんですけど、あれは最初二部しか売れなかった。一つは自分のためで、一つは友人にあげた。それでも今、百年読み継がれる名著として残っている。もしそれを見失うようだったら、何百万部売れたって、ほとんど無に等しいということを言われたんです。

私たちは、歴史のフラクタルから学びうる

後藤　さっきの、裁判の判決が出ても解決したわけではないというお話も、本当にそのとおりだと思います。公害の賠償金も、福島の原子力発電所の事故の補償金も、支払われて、それが本当に解決なのかと。世間的にはそこで興味が離れていったりするわけですけど、何にも終わっていないと思う。遡《さかのぼ》れば、先ほど話に出ていたように、本当に戦争を考えることを終えていいのかという問題にもつながる。

藤原　水に流す文化だということもあるかもしれないけど、終わりたいわけですね。終われば成果になり、成果になれば上昇できるので、官僚制度としては都合がいい。それを終わらせないのはめちゃめちゃしんどいことで、停滞の中をひたすらとどまって考えるということ。その覚悟がなく発言している人と、覚悟を決めて表現している人では、やっぱり全然、耐用年数が違うと思います。

後藤　こうやって藤原さんと会って何時間も話したり、いろいろな社会の問題や歴史の問題を

考えたりすると、ある種の共通性が見いだせるというか、フラクタルみたいになっていると感じる。百年前とまったく同じかたちの人類の間違いを、僕たちも犯すことができるし、それと同じかたちの間違いが、些細な音楽的な選択の中にもあるかもしれない。だから公害も、まったく他人ごとじゃない。ただ目の前にないだけ。それは当時も一緒だったと思うんです。

一方で、新聞を一緒に読んでわかったように、冷蔵庫が花形の家電だった時代があったけど、今やそうではなくて、自分たちの興味も、社会もどんどん変わっていく。今僕たちは、科学技術的には進んだ時代を生きて、こうしてオンラインで話ができて、それをみんなが見ている。

ここには、危険性もあるけど可能性があって、僕たちは、いろんな問題とか考えとか、それぞれの内に起こる問いとかをシェアしていける。そうやって乗り越えて、社会がより良くならないかな、みたいな気持ちが、ずっとあるんですよね。すごく甘いかもしれないけど。

藤原　いえいえ。歴史の中で、同系の問題を繰り返してきているというのは、逆に言えば、私たちは本当は学びうる、その可能性があるわけですからね。

後藤　たとえば藤原さんの『分解の哲学』という本も、昔だったら、もっとシェアするのが難しかった。そういう意味では、ある種チャンスがある、いい時代を生きていると思う。これは格差の問題にも関連していて、昔は、お金持ちの家にはいい本があったり、情報を得ること自体にスノビズムのような意識の問題があったり、文化資本への接続にもヒエラルキーがあったりした。今は、情報へのアクセスがフラットになって、機会がフェアに開かれてきているところもある。まだ経済的な格差の問題があることは見過ごせないですけど。……何の話をしても悩ましいですね。

藤原　そうなんですよね。必ず負の話をしないと、明るい未来の話をできないというのは、私も後藤さんと話すたびに感じます。

一緒に新聞を読んでいて面白かったのは、一九七六年十二月二日の新聞は、若者向けの広告が多かったですよね。でも、今の新聞を読むと精力剤とかヒアルロン酸とか、たぶん我々があと十五年、二十年したらお世話になるようなものの広告しか載っていない。

後藤　はい。二人でへこみましたね。

藤原　ただ本はやっぱり相変わらず、ずっと広告に載っている。本という公共物は、さっき後藤さんがおっしゃったとおり、もっとシェアしたりできる、プロセスの芸術だと思うんです。なぜかというと、出版したら終わりとか、何部発行したら終わりというジャンルじゃないんですね。それをめぐっていろんな人が意見を載せて、批判を受けて、ようやくレールに乗っていくようなものであって。今こういう問題があるから、この本が出て終わりではない。

そういう意味で、終わらない文化としての本が、値段がついていない魂の交歓の場所でもあるというのも、私たちが考え続けていく上での基盤になるなと、我田引水ですけど、思っています。

後藤　うん、うん、そうですね。

今の時代なりの運動や抵抗

言葉を積み重ねていくしかない

――長いスパンで問題を捉えるべきだというお話に、そのとおりだと思いつつ、今進行している問題で、ノンストップなものもたくさんあると思います。藤原さんの講義でもありましたが、田中角栄の日本列島改造論と同じロジックで、現在も各地の開発が行われている。

たとえば先日[※15]の毎日新聞に藤原さんも書かれたように、京都の北側から新幹線が通るという話がある。これが決定したのは昭和四十八年で、半世紀を経た今もなお残り、京都の水系を全部壊しかねないプランが現実に進んでいる。住人として、何としても止めるために動きたい。一方で、今、自分のまわりだけでも問題だらけで、全部に関わっていたら、いくら時間があっても足りない。市民として、どう関わっていくべきか、お二人のお考えをうかがえたらと思います。

後藤　一つだけ先に言っていいですか。さっき、明日の投票率を上げるために選挙に行こうと言うのはどうかと言ったのは、だからといって、言うのをやめろと言っているわけではなくて、むしろ逆なんです。みんなが発言をやめるときというのは、効果がないからやめよう、となる。そういうふうに諦めていかないでほしいという意味で。
すぐに状況が変わらなくても、いちいちそんなことで絶望しちゃいけない。かつて、抗議活動で本気の怒りを表明した人たちがいて、それが後々の人たちの学びになって、僕たちを勇気づけることもある。だから、そのときに成果が得られなくても、それを諦める理由にしないでほしい、自分の力を過信しないでほしいということなんです。

藤原　なるほど。

後藤　怒ることは大事だと思うし、抗議することもめちゃくちゃ大事だと思います。ただ、翌週には結果が出ないかもしれない。リニア一つとっても、オリンピックだって止められないんだから、非常に難しい。けど、そういう活動の中での学びとか、つながりとか、何かを得られることもあるし、その成果はたぶん、もっと未来の、百年後くらいの人たちが評価してくれるんじゃないかと思う。

藤原　実は私が毎日新聞に北陸新幹線のことを書く背中を押しもらった一つが、後藤さんとの対談でした。D2021[※16]（二〇二〇年九月二十日開催）のときに、静岡の故郷の大井川水系にリニアが通ることになってしまってという話を聞いて、これはまさに、日本列島改造論が未完のプロジェクトとして続いているんだと。北陸新幹線の場合も、「脱炭素」と叫んだその口のままで、ダンプ街道を作り続ける。トンネルを掘ると、ヒ素とかいっぱい公害物質が出てくるわけですし、それに加えてそれだけ多くのダンプを走らせるためには、どれだけの石油が必要なのかと考えるようになった。そのことが、私が記事を書くきっかけになっている。そういうかたちで、つながっていくから、言うことをやめない、というのはそのとおりだと思います。

もう一つ、今日は徹底して暗いモードになろうと思ったので、紹介しなかったのですが、成功した例もいっぱいあるんです。日本でも、猪瀬浩平さんの『むらと原発』（農文協、二〇一五年）によると、高知県の窪川《くぼかわ》では、原発の建設をめぐって住民は割れましたけど、村を守るという一点で原発を止めました。島根だと中海《なかうみ》という大きな湖の干拓事業も止まりました。

もちろんそこには、国家とか地域のお偉いさんたちの動きもあったんですけど、蔑《さげす》まれながら反対と叫んでいた人たちの声も、結局はものすごく大きな役割を果たしたと思うんです。

私の同僚の岡真理さんが、学生たちがたとえば今のパレスチナの問題に「自分たちが何かやったとしても、何かが動くという感覚がないので、どうしたらいいかわからない」などと言うのは、スーパーマン症候群だって言うんですね。つまり自分一人が何かを言ったことで、物事が大きく動くようなスーパーマンは一人もいなくて、そういう独裁者にはみんなならなくて、私も後藤さんも、もう言葉を積み重ねていくしかないということですよね。

後藤　あとリニアって、時間感覚の悪い象徴のような気がします。短い時間でより稼げるやつが偉いというのは本当か、と思うわけですよね。何にもしなくて一日寝そべっていられる人のほうが豊かじゃないかと思ったり。

昔、「The Future Times」で岩手の林業を取材したときに、今からアカマツを植えるんですけど、この辺のアカマツは早く収穫できるんで三十年後ぐらいですかね、と言われた。そういう時間感覚で、仕事をされている。あるいは、その辺に転がっている切り株みたいなものは、そんなに簡単に朽ち果てて土に戻ったりしないことをよくわかっている。それも僕たちのよくある誤解で、何でもすぐに土に戻ると思っている。

いかに僕たちが、自然が持っている時間の流れと切り離された、独特なスピード感で生きてしまっているのか。リニアは、そういう、人間と自然の齟齬《そご》のようなものを、究極的に表している気がするんですけどね。名古屋まで四十分で行かなきゃいけない理由ってあるのかな、みたいな。

藤原　全部経済効果とか言われちゃってね。宇井純さんも、公害は効率の問題だということと、本当に時短が効率なのかということを言った。

たとえば、後藤さんが音楽を作るときに、時間を切り詰めてするよりも、ソファーでゴロンとなってやったほうが、実は効率的に生み出しているかもしれない。だから、能率とか効率という言葉も、私たちのほうに取り戻す必要があるかもしれません。

後藤　確かに、美しいクラシックのCDを倍速で聴いていいのか、という話ですよね。早く聴き終わった、やった、という話じゃない。何が豊かかと言ったら、たとえば一回聴いて終わりじゃなくて、まだ音楽が続いているような感じがしたりとか、あれってどういう演奏だったのかなと一週間ずっと考えてみるとか。そうやって作品の時間が体験として伸びちゃうときに、芸術の面白さも湧き上がってくるような気がして。

藤原　ところが、私たちはやっぱり昭和の人間で、今の子どもたちは、YouTubeとか録画したものを倍速で見ているんですって。そうじゃないことも大事なんだということを、やっぱり言い続けなきゃいけないですね。

後藤　僕も恥ずかしながら、時間がなくて、ポッドキャストを一・五倍速で聴いたことがあるんですけど、すごく違和感がありました。これはなんか、すごく間違ったことをしているなと思って。

※15　「月刊・時論フォーラム「北陸新幹線延長」環境へ負荷大、撤退を」毎日新聞、二〇二一年六月二十四日

※16　坂本龍一、後藤正文が中心となり立ち上げた、震災（Disaster）から十年（Decade）という節目に、さまざまな「D」をテーマに過去と向き合い、未来を志向するためのムーブメント。https://d20xx.com/

ねっとりニョキニョキつながっていくイメージ

――藤原さんの講義を聞いて、日本社会の大きなうねりとしての抵抗が、やはりすごく希薄に

なってきている気がしました。一九七六年十二月二日に生まれたお二人の世代以降の抵抗のあり方として、どういうものが考えられるか、アイデアも含めて教えていただきたいです。

藤原　これは、実は私自身の悩みでもあります。私より上の世代の人たちは、やっぱりもっと闘争的だったし、人生のかなりの時間を運動に費やしてきた人が多かった。それと比べたら、私なんてへなちょこなんですけれども、ただ一方で、へなちょこはへなちょこなりに、いろいろなことを学んでくる。

たとえば、後藤さんもそうですけど、運動に人生を費やした方たちのやり方ではつながらなかったような方たちとつながるネットワークができたり。それからかつての運動の人たちへの批判として、運動に集中することで、生活がおろそかになり、日々の暮らしがすごくマッチョだった、ということがあったりします。

確かに運動、抵抗の力全体は弱くなっているのかもしれないけど、でも今の時代なりの抵抗のあり方を考えていくほうが、結果的に抵抗力が増していくのではないか。そのためには、今現在の若い人たちと、もっと楽しく、その立場に立って話せるようにしていくことのほうが、近道じゃないかなと思っています。

後藤　確かにそうですね。運動は、大きなうねりにならなきゃいけないという面もあるかもしれないけど、それを急がないことと、ある種の成功のイメージが、実は成功ではないかもしれないという問いを持っておくことも大事だと思います。日本中で反対の運動をしていることが、正しくないときもあるような気がするというか。だからもっともっと、現場的でゲリラ的で、粘菌的な感じというか、同時多発的に発生して、それがねっとりニョキニョキつながっていくイメージのほうが良いかなと。ワッと波みたいにやると、どこかで引いてしまうんですよね。

そういう運動や抵抗へのイメージも、藤原さんがおっしゃったように、変えていかないといけないと思う。音楽だって、最先端はその時代で移り変わっていくもので、のちのち見返してみて、あそこがすごかったとか、よかったとか、学ぶところはたくさんありますから。新しいものを作りつつ、古くから学ぶようなイメージ、両輪でやっていくしかないかなという気がします。

あとは先ほども話しましたけど、いちいち落ち込まないほうがいいという気が、最近すごくしています。何か反転させる力を持っていたい。たとえば、自分がある種の加害の側にいるとわかったとき、もちろん反省はしなきゃいけないですけど、必要以上に自分の心や身体を突き刺したって社会は変わらないわけなので、どうやってそれをちゃんと責任に変えていけるかじゃないですか。

僕も最近、いろいろ失敗をして謝る機会がたくさんあって、へこんで黙っちゃえば終わりなんですけど、どうあるのが自分の責任かを考えていくほうがいいと思った。僕みたいな職業は、えらぶって何かを言ったりするんじゃなくて、率先して間違って、ちゃんと謝って、そうやって自分を正し続けていくしかないんだろうなと。
ロックみたいな、理論的には何があっているのか間違っているのかよくわからない音楽をやっているんだから。昔だと、ジョン・レノンみたいに「イマジン」「ピース」という人が正しくて、そういう人が先頭に立っていて、影響力があるように見えたかもしれない。けど、そうじゃなくて、自分の場所でちゃんと失敗して反省して、自分の間違いを認めるような生き方をしていきたいなと思います。

間違ったことを認め、改める

――新潟水俣病について、地元なのに、教科書でサラッと勉強した記憶しかありません。社会問題に関心が向かない原因の一つに教育があると思いますが、お二人の考えをお聞かせください。

藤原　社会科教育で地元のことを学ぶときに、町のアイデンティティを問うことになるので、どうしてもプラス面を伝えることになりがちなんですけれども、実は負の遺産というのは、見ようによっては、ものすごくプラスになるものなので、惜しげなく、小中学校とかで教えていくといいですよね。
あるいはそれが無理だったら、新潟水俣病については、いい映画も資料も、たくさんありますから、今、質問くださった方が、水俣病をアイデンティティとして新しい未来を新潟から提示するための勉強会みたいなものを開くことも、あるといいと思います。そういう、広い意味での教育が大事だと思っています。

後藤　本当に、大人になってからの勉強も大事だと思います。僕なんかは、高校で勉強をさぼった人間の権化《ごんげ》として今こういう音楽をやっているわけなんです。教科書を投げ捨ててギターを取ってここにいる。

でも大人になってから、やっぱりどこかで恥ずかしくなって、いろんな本を読んだりしている。確かに学校で教えないのは、地域にとってはとても大きなことだと思うし、教育に問題はあって、それは、教えていらっしゃる方々も自分ごととして感じているんだなということは、いろんなところでよく思います。

ただ、では、自分は何をやるかということも、問わないといけないと常々思います。今も、藤原さんの言葉を聞いて、僕ももっと勉強しなきゃと思いました。最初のほうの話にもつながりますが、失敗したこととか、構造的に強者のほうに立ってしまっていたときに、どう改めるかみたいなことって、教育だけの問題じゃなくて、僕も含めて、みんな苦手だよね、という気持ちがあります。

藤原　うん、本当に苦手。

後藤　どうにかそこを、間違ったことを認めて改めていくということを、恥ずかしいことじゃなくしていきたい。もちろん反省すべきことはたくさんあるけど、だからといって落ち込んで黙り込んで、まわりも、お前は社会から出て行けみたいなムードになるのはよくないと思う。

でも社会全体にそういうムード、失敗を許さない潔癖性みたいなものがある。どうしたらいいのかなって悩みます。まず他者に対して寛容になったら、自分に対しても寛容になれるのかしらと思ったりとか。そこは一番大きな悩みです。

藤原　先ほど紹介した法哲学者の那須さんが、この前、寛容、トレランスの話もされていて、これは建築用語だと、地震に対する耐性という意味があったり、植物用語だと、農薬などに対する耐性という意味があったりするそうです。要は、揺れたときに耐えられるのが、トレランスであると。であるならば、すごくしんどいですけれども、やっぱり常に揺れることを想定して、自分が間違えうるということも含めて、いろいろなことを考えていく必要がある。

後藤　そうですよね。自分が間違っているかもしれないということを、常に自分の想像力の中に置いておく。そうじゃないと、イデオロギーになるんですよね。

藤原　どんなに正しいことでも、イデオロギーになると誰も聞いてくれないので。社会を変えたいと思っている人の言葉が硬直していないかということですよね。常に自分に痛みとか加害者意識があれば、語り口はおのずと変わるはずで。最近、新聞で時評を書くときは必ず、僕が腹を立てている側の立場に半分ぐらい立った上で書いて、ひっくり返すようにしているんですけど。うん、そういうことじゃないですかね。

――最後にお二人からお願いします。

後藤　まさか自分が面白いと思って読んだ本の著者が自分と同じ年の同じ日に生まれていたなんて、すごい縁だなと思いますけど、でもそれとは関係なく、藤原さんの活動が、自分にとっての刺激になっています。同時代を生きる人に、こういう志の人がいると思うだけで、僕の背筋もちょっとピンとする。

そういう気持ちをみんなで、いろんな場所でシェアしていけるといいなと思っていて。このイベントを見てくれている人たちがいるということも本当に心強いことで、まったく同じ意見じゃないにしても、近い眼差しで社会を見ているということだと思うし、そういう、うっすらとした信頼感みたいのを確認できる、いい時間でした。今日はありがとうございました。

藤原　誕生日が一緒というのは本当に嬉しかったですし自慢なんですけど、後藤さんの音楽のファンの方々が、私との対話をとおして、後藤さんがなぜこういったテーマに興味があるのかという違う面を発見して、知のネットワークが今、広がっている気がします。私も、自分が書いていて少し元気がなくなっているようなときに、いやいや、もうちょっと踏ん張ろうと思える瞬間を後藤さんから与えていただいているので、今後も末永く、後藤さんからいろいろ学んでいきたいなと思っています。ありがとうございました。

映像をめぐる往復書簡②　『意志の勝利』

後藤正文さま

『阿賀に生きる』のご感想、とてもうれしく読みました。「公害」という言葉にその被害を受けた人たちの存在を閉じ込めないこと、身体感覚・民俗感覚を重視するということ、この二つは実に深いところでつながっている――後藤さんの言うとおりだと思います。ベラルーシの作家アレクシエーヴィチの「人間は戦争の大きさを越えている」という言葉は私の座右の銘ですが、これはそのまま戦争を公害と置き換えてもなんら差し支えのない表現ですよね。

さて、今回は、ナチ時代に封切りされたレニ・リーフェンシュタール監督の映画『意志の勝利』（一九三五年）を後藤さんと観てみたいと思いました。一九三四年九月のナチ党の党大会のドキュメンタリー作品です。『阿賀に生きる』が、阿賀野川と流域の田んぼに手足をどっぷり浸かって生きている庶民の視線から世界的な事件を批判的に捉えた作品だとすれば、『意志の勝利』は権力者の空から睥睨《へいげい》するような視線から世界的な事件、すなわち、ナチズムの登場を肯定的に描いた作品です。アレクシエーヴィチの逆ですが、「人間は一匹の害虫よりも小さい」とでもいうべきナチスの世界観は人々の支持を得ました。その背景を、当時を代表する映像芸術を、音楽の表現者である後藤さんと探りたいと思いました。この映画は大学の講義でもよく取り上げます。

まずは、リーフェンシュタールについて簡単にお話ししますね。昔から関心を抱いてきた歴史的人物です。彼女の自伝『回想――二十世紀最大のメモワール　上下』（文春文庫、一九九五年）は大変面白かったですが、この本や、彼女の伝記である平井正『レニ・リーフェンシュタール――二十世紀映像論のために』（晶文社、一九九九年）などを参考にしながらお話しします。

彼女は、一九〇二年八月二十二日にドイツ帝国の首都ベルリンに生まれました。お父さんは電気関連会社の社長ですから、裕福な家に育ったといって間違いありません。幼い頃にある少女の轢死《れきし》事件に遭遇し、「どんなことがあっても人生を肯定していきていく」と思ったそうですが、この態度は彼女の人生が終わるまで一貫しているといってよいでしょう。市街戦に巻きこまれたときも「戦争という言葉を聞いただけで鳥肌が立った」という感覚も、彼女らしいといえます。

昔から活発で、危険を冒して何でもチャレンジする子どもでした。大人になっても腹が立ったら人に噛み付くなど、規格外の人間だったとさえいえます。長身で端正な顔つきの彼女は、最初はモダンダンサーとして活躍していたのですが、膝のけがでその夢を諦めた頃、当時山岳映画で一世を風靡《ふうび》していたアーノルト・ファンクに映画出演を依頼されます。一九二六年に彼女を主人公にした映画『聖山』が封切られます。ただ、ファンクはリーフェンシュタールに長い間求愛を続けました。彼女は師匠である彼から学びつつ、しかし距離をとりながら、自分の映画を撮り始めます。その最初の作品が『青の光』です。一九三二年三月二十四日に封切られたこの映画は、自分を主人公にした山岳映画ですが、エイゼンシュテインのように山間に住む農民たちをそのまま出演させ、顔をアップで撮りながら、青い光を放つ山を守ってきた純粋無垢な主人公が村から排除されていく様子を克明に描いています。開発と自然がテーマであるといってもいいかもしれません。ドイツでDVDを買って、二度観ましたが、リーフェンシュタールが裸足でほぼ垂直の崖を登るシーンは圧巻です。

さて、ここからが問題です。リーフェンシュタールは、『青の光』の封切り後すぐに、たまたまヒトラーの演説を聴く機会がありました。彼女は、猛烈に心を揺さぶられました。一九三二年五月十八日、ヒトラーに手紙を書き、彼と面会しました。「貴方様と聴衆の熱狂に深い感銘を受けました」という彼女の手紙の内容は、もちろん、彼女が戦後ずっと「ナチスの女」と非難されることになる大きな原因の一つです。その後、党大会を撮影した『信念の勝利』が一九三三年十二月一日に封切られますが、ヒトラーと一緒に並んでいたエルンスト・レームという突撃隊隊長（多分に社会主義的にすぎる思想を有しているとみなされていた）がヒトラーに粛清されるという事件のあと、お蔵入りになります。そして、先ほど言ったように、一九三四年九月に一週間にわたって開催された党大会のドキュメンタリー、『意志の勝利』が一九三五年三月二十八日に封切られたのです。

同年にヴェネツィア・ビエンナーレで金メダルを獲得するなど、同時代には国際的に高い評価を得ましたが、この映画と、のちのベルリン・オリンピックを題材にした『オリンピア』（一九三八年）を撮影したがために、ずっと彼女は批判にさらされて生きていくことになります。リーフェンシュタールの回顧録によると、しかし、ヒトラーをはじめナチスとはかなり激しくやりあったそうですし、途中から距離を取り始めたそうです。

戦後は、ナチスの協力者として逮捕されましたが、無罪。そのあと、アフリカのスーダンでヌバ族を十年近く撮影して、写真集『ヌバ』を刊行しました。ヌバ族の人々が躍動していて、素晴らしい作品だと思います。百歳になっても創作意欲は衰えず、ダイバーとなって海の中を撮影した映画『ワンダー・アンダー・ウォーター　原色の海』（二〇〇二年）を完成しています。ナチスからアフリカへ、そして海の中へ、というのは、ファシズム、ポスト植民地主義、そして環境という問題系に関心が変化していったということでもあります。文字どおり、二十世紀という時代を象徴する女性と言えるでしょう。

さて、彼女の代表作『意志の勝利』ですが、大学で講義をするとき、だいたい三つくらいのことをお話しするようにしています。

第一に、科学技術です。冒頭は、ナチス・ドイツの第二の国歌といわれる「ホルスト・ベッセルの歌」が流れつつ、雲の上の飛行機から、ニュルンベルクを見渡すヒトラーの目線から始まります。飛行機という二十世紀を大きく変えた乗り物を効果的に用いていることを私は見逃すことができません。なぜなら、ヒトラーは、民衆ラジオ、ポルシェに開発させた廉価《れんか》な自家用車（フォルクスワーゲン）、戦車、戦闘機、ミサイル兵器にいたるまで、科学技術の力を最大限利用しようとしました。とりわけ、飛行機で降り立ち、車で「巡行」することを彼は好みました。ヒトラーは内燃機関の時代の申し子だと私は思うのです。

それだけではありません。私は、ナチスのもう一つの巨大な祭典で、野外で開催される「収穫感謝祭」（農民を讃える国家行事）の研究をもう十年近く続けているのですが、その史料をハーメルンの文書館で漁《あさ》っていると、スピーカーなどをとりつけるための電気工事や器具などの請求書が次々に出てきました。なんといっても、音響がナチスの集会にとって重要でした。巨大なスピーカーで多くの人々に声を伝える。これは、まさに後藤さんたち音楽の担い手が、ライブで欠かすことができない科学技術ですよね。ラジオだけではありません。音を増幅させる技術をナチスは存分に用いたわけです。収穫感謝祭は多いときで一〇〇万人を集めましたから、相当高い技術を持っていたと想像します。失敗するわけにはいきませんから。

第二に、身体感覚です。ヒトラーの演説は、だいたい流れがいつも決まっています。ゆっくりと静かに始まり、さまざまな問題を語る中で次第に敵、すなわち、ユダヤ人、共産主義者などへの非難の声が高まり、手の動きも激しくなり、痙攣を伴うような絶叫調に変わります。その頂点に達したかな、というところでサッと切り上げて、颯爽《さっそう》と帰っていきます。このような演出に当時の人々は熱狂したわけですが、私もきっとそうだったと思うのです。ヒトラーは、自分のポーズをカメラマンに撮影させて、研究しています。たとえば、首と背筋を伸ばして、両手の手のひらを肩の高さまであげて、上に向けるポーズは、神から信託を得たリーダーであることを示しているように思えます。ユダヤ人や共産主義者を批判するときは、汚いものを指すようなジャスチャーを取ります。『意志の勝利』でも、ヒトラーの身体はかなり制限されているからこそ、効果的だと感じられます。私は、ファシズムはイデオロギーよりも、身振り手振りの問題ではないかと思っています。考え方を提示し、議論するのではなく、ふるまいの中にその人の断固たる決意を読み取り、行動していくこと。『意志の勝利』には、ナチスの行動主義的な性質（自由に議論を交わすことへの嫌悪）が垣間見えると思うのです。

第三に、「ネイション（nation）」、つまり「国民」です。この党大会では、いろいろな地域からやってきた青年たちが自分の故郷をみなに伝えるドイツ労働奉仕団の儀式が撮影されていますが、この場面では、ドイツが「ひとつ」であることが強調されています。この

「ひとつ」とはどういう意味でしょうか。実は、ナチスのスローガンで、この映画でも出てくるものに、「ひとつの民族、ひとつの総統、ひとつの国家（Ein Volk, Ein Führer, Ein Reich）」というものがあります。ここにナチスの考え方が示されています。ドイツという国は、一八七一年にドイツ帝国ができるまでモザイク状に多くの諸邦に別れていました。いろんな言語や民族が入り混じっている場所だったのです。ドイツの博物館にいくと、しばしばドイツがどれほどバラバラだったかを示すための地図が色分けされて展示されています。美しいモザイクのようです。さらに、国家が統一されたにもかかわらず、十九世紀末からは資本家と労働者の階級闘争が激化しました。第一次世界大戦ではドイツは敗北しましたが、ナチ党をはじめとする民族主義政党は、ユダヤ人の裏切りが原因だとプロパガンダをして、ドイツの分断を嘆きました。ドイツはそれぐらいまとまっていなかったのです。

ネイションという言葉は、そのような国家の一体感を示す言葉ですね。明治維新後の日本も廃藩置県をすることで中央集権国家になろうとしますが、それとも似ています。ナチ党も、正式名称は、「国民社会主義ドイツ労働者党（Nationalsozialistische Deutsche Arbeiterpartei）」で、「国民（national）」というドイツ語がトップに入っています。インターナショナルな社会主義ではない、ドイツファーストの社会主義者ということが示されています。ドイツに生きる人々はひとつの言語を話しひとつの文化を共有している、という「想像の共同体」は、十九世紀に活躍したグリム兄弟のように、外来語を省いたドイツ語の辞書を作ることと、民話を採集することで強化されるばかりではなく、ユダヤ人やスラヴ人やロマ、社会主義者や共産主義者といった「非国民」を強調することで強化されます。マルクスとエンゲルスもそうですが、共産主義者は「インターナショナル」を唱え、祖国なきプロレタリアートの国境を超えた団結を訴えました。ナチスは「ネイション」を逸脱する「インターナショナル」を目の敵《かたき》にしたわけです。

リーフェンシュタールは、カメラを用いて、この「ひとつ」をスペクタクルに表現したのだと思います。ヒトラーに集中するニュルンベルクの市民たちの目線（子どもをヒトラーに見せる母親の姿は印象的ですね）、ネコでさえヒトラーに振り返るという憎い演出、ヒトラーの演説に集中するヒトラー・ユーゲントたちの若い目線、そのヒトラーや部下さえ睥睨する空からの目線、初期ナチ党の運動で命を失ったものたちへの目線。それが拡散や共存するのではなく、集中していく。ただし、リーフェンシュタールは効果的にその集中を描くために、前半ではあえて拡散的なシーンを提示します。この党大会に参加をすべく全国からやってきた若い男性たちの笑顔あふれるキャンプ生活です。一人ひとりの具体的な表情は、変化に富んでいて、とてもダイナミックで、そのあとの静けさと好対照ですね。

もしも、私たちが『阿賀に生きる』の世界に山村の暮らしの奥深さとエネルギーを感じたとすれば、あるいは、あの人々の公害で消えなかった日常感覚や仕事の誇りから世界の不条理に立ち向かうという希望を抱いたのであれば、『意志の勝利』で、人々を魅了する統合、睥睨、集中、巨大、団結といった価値観や表現を根本から批判せねばなりません。なぜなら、そのような巨大なものへの民衆の憧憬こそが、ナチスに美的な力を与えてしまったからです。政治の芸術化と言い換えてもよいでしょう。民衆啓蒙・宣伝大臣のゲッベルスは、政治を「総合的芸術作品（Gesamtkunstwerk）」だといいました。ここではリヒャルト・ワーグナーのオペラがイメージされています。『意志の勝利』はその成功例でしょう。

アジカンのフランスでのライブをインターネットで観たことがありますが、音楽が言語の壁を超えていくことに素直に感激しました。観客が本当に楽しそう。アジカンのライブに行ったときも、私の目の前にいた人は、外国から来た方でしたが、体を大きく揺らしながらアジカンの音楽を全身で捉えようとしていました。車椅子でやってきたファンの女性は、フロアでアジカングッズの買いものを楽しんでいました。老若男女、さまざまな人々が集っていました。そもそも後藤さんが、立ってもいいし座ってもいいので、自由に音楽を楽しんでほしい、とMCでおっしゃっていましたね。

ナチスももちろん音楽を利用しました。軍需工場の労働者のためにベートーベンのコンサートを開きました。とりわけ西欧をルーツにもつクラシック音楽を、人を「ひとつ」にまとめるために。もちろん、ロックも西欧がルーツですが、しかし、後藤さんは何かの集団をむりやり「ひとつ」にまとめるのではない音楽を目指しているように私には思えます。

つい長くなってしまいましたが、後藤さんが『意志の勝利』をどう観られたか、ご感想を楽しみにしています。

藤原辰史

藤原辰史さま

映画『意志の勝利』。京都大学の一室をお借りして一緒に観たときの記憶だけでは心もとなかったので、DVDを購入してじっくりと観直しました。わりとすんなりと通販で入手することができましたけれど、日本国外ではどうなのでしょうか。どういう視点に立ってもヒトラーやナチスを賞賛する内容であることは拭えないですから、とくに欧米では簡単にコピーが手に入るとは考えにくいですよね。

藤原さんも書いていましたけれど、冒頭の飛行機のシーン、そしてヒトラーが車に乗り換えて街をめぐるシーンがとても印象的でした。僕が目を引かれたのは、ニュルンベルク市民たちの表情がものすごくポップでフランクだったことです。同じ時代の日本だったら、もっと厳かな雰囲気だったのではと想像します。神格化された日本の天皇制とは対照的に、親しみやすさが演出されていると感じました。冒頭からのそうした演出がヒトラーへの感情移入の呼水になっているのではないかと思います。それに続く、柔和な印象のリーダーを慕っているかのように溌剌《はつらつ》とした若者たちが集うシーンも印象的です。彼らは国のために精神や身体を鍛え、青年となって労働力として公共事業に精を出す。ヒトラーはまるでドイツ国民の父であるかのような包容力で彼らに接します。そのヒトラーが威厳と気高さを示すような身振りで、後半に向けてスピーチの熱を迫《せ》り上げていく。大会場で行われる演説の現場に居合わせたら、僕も例外なくその振動と熱狂に巻き込まれてしまったのではないかと思います。幾分かへそ曲がりで天邪鬼《あまのじゃく》な性分ではありますが、あの熱狂を押し退けてまで、いつものような皮肉を言ったり、揶揄《やゆ》するような軽口を叩いたりできたかどうかはわかりません。

ヒトラーが演説に利用した技術は、まさに現在の僕たちがコンサートで使っている音響技術です。ゲオルグ・ノイマンの発明したコンデンサー・マイクが何度か映像に写りましたが、ほぼ全ての録音物は彼の発明の川下にあると言っても過言ではありません。アジカンの音源制作にも、実際にノイマン社のマイクや、その技術を模倣して作られたマイクがたくさん使われています。巨大な広場や集会所で最新鋭のマイクを使って音声を集音して、同じく最新のサウンドシステム（PA＝パブリックアドレスと呼びます）で増幅し、人々の感覚器官に届けていたわけです。ヒトラーの演説は、ロックフェスのようにも見えました。

野外のロックフェスに出演するといつも感じるのは、日が暮れてからのほうが観客たちの集中力が高まるということです。同じステージでも、明るいうちは観客たちの意識が思い思いの興味に散らばっているので、会場全体が一つになるような熱狂が生まれにくいと感じます。いい天気だなとか、空が青くて綺麗だなとか、そういう素朴な感覚を閉じ込めるのは難しい。ですから、どこか散漫な雰囲気になります。しかし、日暮れとともに、観客たちは明るいところに意識を傾け始めるんですね。ステージの上で歌う人の声や身振り、バンドの演奏に意識が集中します。他に見るところがないから、そうせざるを得ない。ゆえに、ロックフェスでは暗くなってからメインアクトが登場するわけです。身体が溶けてしまいそうな昼下がりの炎天下で駆け出しのバンドが熱演しても、観客のみならず会場全体の空気が弛緩《しかん》していることがよくあるのです。だから出演する側の僕たちは、そうした夜の時間帯のステージに上がることを目指すわけです。暗くなってからが、スターのためのステージですから。ヒトラーが街頭でも暗くなるまで演説を続け、そのクライマックスに夜を選んだのは意図的だったのではないかと思います。

　ロックフェスやコンサートの話でもう一つ付け加えるならば、とくに日本の音楽イベントから見える風景についてです。大きな会場では、観客たちが音楽のリズムに合わせて片手を振り続ける様子が印象的です。規律正しく、マスゲームのように波打つ人々の動きが、音のスピードを可視化するように後方に伝わっていきます。その場の支配者のような心持ちで眺めれば壮観なのでしょうけれど、僕はいつも怖い風景だなと思ってしまいます。観客たちは誰にも強制されず、コンサートが盛り上がっていることの証《あかし》のように認識して、それを楽しんでいます。随分前に「そういうのやめない？　海外でもライブをしてきたけれど、こういう風景は日本だけだよ」と呼びかけたことがあるのですが、「楽しんでいるのだから、否定するな」という意見が寄せられました。確かに、観客の楽しみ方をステージの側から強制するのは良くなかったと反省しました。それでも、自分の居心地の悪さについてはアプローチせねばと思ったんですね。それで「誰の真似もしなくていいから、自分らしく楽しんでください」と言い方を変えました。すると、手を上げない人が増えたんです。「微動だにしなくても、楽しんでいないだなんて思わない。楽しみ方は人それぞれだから」と伝えると、本当に思い思いの楽しみ方に変化したんです。もちろん、自分らしく手を振り続ける人もいました。

コンサートでのこうした体験については、ずっと考え込んでいます。深く考えずにはいられない。僕たちは大人になるまでのどこかで、それは学校なのかもしれませんが、規律正しく同調的に動く訓練を受けているのかもしれない。それはある方向からは、この国の街なかの清潔さや治安の良さにつながっているんだと思います。一方で、若い世代には伝わらないかもしれないですけれど、ビートたけしが随分前に言っていた「赤信号、みんなで渡れば怖くない」というギャグが過《よ》ぎります。むちゃくちゃなことや、意味もないことに、うっかり同調してしまう訓練が済んでいると考えると恐ろしい。また、それは反転して、薄らとした空気のような同調に対する圧力、そういう抑圧の一部に自分たちがなってしまう訓練も済んでいるということになります。私たちの生き生きとした日々の楽しみや、ある種の正義感や潔癖性のようなものが、誰かのその人らしさを知らないうちに矯正《きょうせい》させている可能性がある。そういうことに敏感でいたいなと思います。どれくらいの距離かはわかりませんが、その先にヒトラーやナチスと似たような何かの、再登場があるのかもしれません。

藤原さんが書いていたヒトラーの身体性については、僕はまったく違う感想を持ちました。僕はヒトラーの身振りや手振りには魅力を感じませんでした。これらを至近距離で体験した人たちはたぶん少ないですよね。巨大な会場では、目視できない人もあったと思います。僕は背が低いですから、コンサート会場では時々、前席の方の体格に阻《はば》まれてアーティストの姿が見えません。けれども、感動が薄れるかと言ったらそんなことはないんです。ヒトラーの語気、音声や話法による力は感じました。身体性で考えるならば、ヒトラーの動きよりも、人々が同じ動きをすること、ナチスの兵士たちが同じポーズをすること、同じユニフォームを着ていることのほうに意味を感じます。クリスチャン・ボルタンスキーという芸術家がいますが、彼が著作の中で書いていたことを引用します。

ある時期から僕はこの物体と主体の関係にとても興味を抱くようになったんだ。理由は様々だが、特に人間の犯し得る最大の犯罪は殺すことではなくて、主体を物体に変えてしまうことだと思っているから。軍人がユニフォームを着るのは、もう個ではなくなるためだ。軍服を着た途端グループの一部となって、交換可能になり、殺すこともできるようになる。

『クリスチャン・ボルタンスキーの可能な人生』（水声社、二〇一〇年）

朝方に家族をぎゅっと抱きしめて家を出た人が、ユダヤ人の虐殺に関わっていたわけです。別に僕らと何ら変わりない、自分の人生をなるべく真面目に生きた人が、その真面目な人生の中で疑いもなく歴史的な虐殺に参加してしまうことを、ボルタンスキーは指摘します。ユニフォームというのは着衣ですから、とても身体的なものです。人の体にアプローチします。自ら着たり、着せられたり、僕たちの意思と行動にまつわる比喩としても「着る」という言葉は使われています。そして、身に纏《まと》えるのは衣服だけではないですよね。空気もまた纏うことができます。思っているだけでは弱いのかもしれないですが、そこに振り付けがついたらどうでしょうか。僕たちの体の使い方は、何世代も前の人たちから渡されてきたもので、この土地の文化や霊性のような思想と強固に結びついています。狭い路地で対向者と互いに譲り合うとき、日本で暮らしてきた僕たちは自然と軽く頭を下げてしまう。そういう性分を思うとき、僕は自分を日本人だなと感じます。そういう動作や仕草を使って、それを進んで行わせることで、身体からの意識や思想の変化を起こすことができるのではないかと思うのです。行進と敬礼は、そういう目的で存在していますよね。

映像美という観点から眺めれば、レニ・リーフェンシュタールの映画は芸術的に評価されるものだと思います。しかし、映像に合わせた音楽の使い方には意図的な部分が多いと感じます。ヘッドホンから流れてくる音楽と、マーチングバンドの映像が同期していないところがたくさんありました。これはありのままの記録ではなく、映像の編集に合わせてダビング、あるいは貼り付けられた音源です。実際に街頭で収録されたとしても、映像に合わせて音楽もまた編集されているわけです。市民の歓声、兵士たちの咆哮《ほうこう》についても同じことが言えます。お笑い番組で重ねられる笑い声のように、それは視聴者の感情をコントロールするために付け加えられた音だと僕は考えます。僕の耳には、環境音とは無関係の不自然な響きに聞こえます。当たり前ですが、ドキュメンタリー映画は、ありのままの記録ではないわけです。そこに何らかの、映画監督の意志が反映されている。多くの映画評論家が指摘していることだとは思いますが、改めて、ドキュメンタリー映画は事物のありのままを記録したものではないのです。そこには記録者の意図がある。自然音を記録しただけの音にだって録音する人の意図があるのだと、柳沢英輔さんが『フィールド・レコーディング入門』（フィルムアート社、二〇二二年）の中で書いていましたね。ピュアな自然音なんてない、とも言える。そこには絶対的に人間の作為性がある。そういうことを、鑑賞者の私たちも忘れずにいなければと思います。

よく話題になる「ミュージシャンは音楽だけやっていろ」という言葉がありますよね。ミュージシャンだって一人の市民なわけですから、社会や政治に参加する責任はあります。

それぞれの参加態度についての批評ではなく、参加そのものを妨げるような言説は間違っていると僕は思います。一方で、ここまでに書いてきたように、僕たちの現場は、人々の考えや行動をコントロールしてしまうような力が発揮される危険性も含んでいます。ですから、フェスやコンサートのステージのような場所で、ものすごく短いスローガンのような言葉が、よくない向きで使われる可能性についての危機感や嫌悪感が「ミュージシャンは音楽だけやっていろ」にはいくらか含まれているかもしれないと思います。そうした感覚は間違いではない。ミュージシャンも観客も、ある種の熱狂にも間違いがある可能性と、その危険性について、常に準備と自己点検が必要だと考えます。

一方で、芸術的野心に貫かれた作品が、あるいは芸術的な才能や技術が、何らかの勢力に利用される可能性もあります。映像作家やミュージシャンが作品に没頭するかたちで、最高のプロパガンダが完成することだってあるわけです。「ヒトラーとナチスを称賛する」というようなわかりやすいかたちではなくて、「政治に興味を持たずに、娯楽に没頭していてほしい」という政治的な意図が、権力の側にないとは言えない。社会や政治への無関心へと導いたり、未来への虚無感を広げるような音楽や芸術も実現可能なわけです。作り手の一人としては、自分の作品をとくに社会から切り離して、純粋無垢なものとして扱ってはいけないと常に考えています。私たちは社会の中で作品を作ります。鑑賞される機会もまた、社会の中に存在します。作品を純粋無垢な芸術だと考えることが可能な瞬間を作れたとしても、作り手までもが、純粋無垢な芸術家であることはありえないと僕は考えます。

最後に一つだけ、芸術と政治の違いについて書かせてください。

ロックバンドをやっていると、本当にいろいろな、小さな社会や小さな政治に出くわします。楽曲のアレンジを決めるとき、アルバムの収録曲を決めるとき、そうした場面ではメンバーそれぞれの意見が出されます。全員の意見をまとめて、誰もが納得するアイデアを採用しようとすると、楽曲の完成までにものすごく時間がかかってしまいます。僕らの作品で言うと『ワールドワールドワールド』（二〇〇八年）という作品は、本当に朝から晩まで毎日セッションをして、全員の賛同が得られるまでアイデアを出し尽くすようにして作りましたが、本当に疲れました。メンバーの関係もギクシャクしました。バンドとしては、とても素敵な作品ができたと今でも思っているのですが、こうしたセッションの中では時折、まったく面白くないなという瞬間があるのです。僕以外のメンバーが素敵だと考えているものが、自分の芸術的（だと考えている）な感覚や思考からどうしようもなく外れていると感じてしまう。とても腹が立ちます。自分の意見のほうがいいに決まっていると憤るわけです。

僕は自分のバンドの楽曲のほとんどを書いています。僕が「もうやめた」と言えば、バンドは止まってしまう。そういう危ないカードを僕は常に持っていて、それははっきりと権力です。「俺のアイデアが通らないならバンドをやめるぞ」と言わずとも、そういうことを匂わせて、言うことを聞かせるように振る舞えるわけです。僕が実現させたいアイデアは、僕の考える芸術においては、絶対的に正しい。こうした個人的な芸術に対する考えの発露と行使は芸術という行為にとっては正しいのだけれども、バンドという小さな社会にとっては脅威でもあるわけです。他のメンバーの芸術に対する考えを抑圧してしまうのです。無残にもボツにされた無数のアイデアの残骸の上に、作品が実現しています。

バンドの内情を社会にまで押し広げて考えると恐ろしいですよね。政治の芸術化でも芸術的な政治でもどちらでも構いませんが、それは多様性とは別の向きで、結局のところ個人的な、あるいは小集団の意のままの「美しさ」みたいな価値が、多くの人を抑圧するということです。それはみんなでとことんやるセッションのような面倒臭さもないので、一見、本当に美しく見えます。市民が熱狂的にそういう体制を望むこともあると思います。ただ、音楽だったら、使われなかったフレーズだとか、それを考えたメンバーの努力だとか、踏みつけられたものが他のかたちで修復、あるいは挽回《ばんかい》可能なのですが、社会の中では、誰かの人間らしい生活だったり、さまざまな権利だったり、最悪の場合は生命そのものだったり、決して踏みつけてはいけないものが踏みつけられてしまう可能性があります。

芸術的な評価だけに切り離すことなく、そうした社会が実現する恐ろしさを何度でも考えるための作品として、『意志の勝利』を僕は観ましたし、そう観られるべき作品であると思います。ポストモダン的な視点で捉えてはいけない、そういう態度で鑑賞し続けることが、鑑賞者の僕たちにとっても必要ですよね。「観客は黙って鑑賞だけしていろ」だなんて言われる社会を到来させないためにも。

たった一人の英雄が、世界や社会を劇的に変えることはあり得ず、それを私たちが望むのであるならば、未来にヒトラー的な存在が何度でも立ち上がるのだと思います。そうした私たちの恐ろしい一面を捉えた映画だと僕は思いました。

後藤正文

第３章
社会を体で鳴らせ
～上勝というフィールドに立つ

二人の共通の関心であるゴミの問題について、
先進的な取り組みを行う上勝を訪れ、対話を重ねた。
（2023 年 5 月 30 日、徳島県上勝町にて）

ゼロ・ウェイストセンターについて

――実はもう数年前から、同じ日に生まれたお二人による書籍の企画を進めてきました。そしてその最後に、やっぱりフィールドワークが欠かせないだろうということで、後藤さんから、ぜひこの上勝《かみかつ》のゼロ・ウェイストセンターに行きたいというお話があり、藤原さんもそれは願ってもない、ということで、今日の機会が生まれました。最初に、ゼロ・ウェイストセンターの大塚さんから、この場所について少し、ご説明をいただけたらと思います。

大塚　上勝町ゼロ・ウェイストセンターを運営している、ビッグアイカンパニーの大塚桃奈と申します。このセンターは、ちょうど三年前の二〇二〇年五月三十日に産声を上げました。三周年を迎える記念すべき日に、このような素敵な企画を催すことができて、大変嬉しく思っております。

簡単に、このセンターのお話をさせていただきます。この施設、実は上空から見ると、はてなの形になっています。なぜはてなかと言いますと、「なぜゴミって捨てられるんだろう」「なぜ上勝町は日本で初めてゼロ・ウェイストを宣言して取り組みを続けるんだろう」、そんな疑問を、みなさんと一緒に考えて、よりよいこれからの暮らしのあり方を、この町から考えたいという想いが込められています。

この取り組み自体は、遡ること一九九七年からスタートしています。もともとはここは野焼きをしていた町で、私たちの足元には実はゴミが埋め立てられているという歴史があります。上勝は、徳島県内最大級の二級河川、勝浦川の上流に位置した水源地のある町でもあって、未来の子どもたちにこの環境を受け継ぐために、二〇〇三年以降、「ゼロ・ウェイスト宣言」をしてゴミをなるべくゼロに近づけようという取り組みを行ってきた地域です。

そんなこの町では、生ゴミのコンポストや四五分別（二〇二四年四月からは四三分別）に取り組み、町内でも量り売りに取り組むお店が増えたり、レジ袋を削減するキャンペーンを始めたり、コツコツ取り組んだ結果、リサイクル率は八割以上を達成しています。全国平均が二割と言われている中で、町一体で取り組んだ結果ですが、まだまだ住民だけでは取り組みが難しい部分もあります。そこで、町外の方とも一緒に楽しく考える場所にしたいということで、「くるくるショップ」という中古品をリユースする空間やイベントスペース、そして体験宿泊施設四部屋を併設してこのセンターが生まれました。

ゴミってすごくネガティブな印象があって、先週も子どもたちがここに遠足に来たんですが、「ゴミって、どんなイメージ？」と聞くと、「汚い」とか「臭い」とか、そういう言葉が出てくることが多いんですね。けれども、ここのセンターは臭くないですし、捨てられるはずの廃材をかっこよくデザインに取り入れました。窓は、実は捨てられるはずだった窓が使われていたり、隣のスペースのタイルには、ゴミステーションで集められた割れた陶器が使われていたりします。

窓は、広報を通じて住民のみなさんから、およそ七〇〇枚が集まってきて、一つひとつ役場の職員がサイズを測って、デザインされました。いろんな想像力を持って組み合わせると、すごく豊かな空間になるということ、そこから未来の可能性を一緒に感じていただける場所になったらいいな、ということで、建築家の中村拓志さんが設計に携わりました。

上勝は四国で一番小さな町と呼ばれていて、一四〇〇人ほどの住民の方がいらっしゃるのですが、家の明かりは、どんどん消えかかっている状況です。ここからまた、町の光を紡いでいきたい、という思いがありますので、今日は、藤原さんと後藤さんのお話を聞きながら、それぞれの生活やコミュニティの中で一緒にできることについて、わくわくする気持ちを持って、考えていけたらと思います。どうぞよろしくお願いします。

根源的な問いとしてのゴミ問題

ゴミと生活は切り離せない

後藤　よろしくお願いします。

藤原　よろしくお願いします。そもそも、なぜ後藤さんがここに関心を持たれたか、というところから、お話しいただけますでしょうか？

後藤　そうですね、ゴミの問題って、けっこう僕の中では……なんていうんですかね、根源的な問いとしてあって。コロナ下でステイホームしても思いましたけど、「とにかくゴミが出るな」と。たとえば、アジカンの練習スタジオの近くにものすごく大きな住宅団地があるんですけど、それぞれの住居からいつもゴミや排泄物が出ていて。その団地だけを考えても、ものすごい量だよね、ということを想像したこともありました。社会全体で考えたら、どれだけの量か。

あとは、僕が原子力発電に問題意識を持ったのは、原発が危険だからではなくて、ゴミの問題からだったんですよね。

藤原　なるほど。

後藤　放射性廃棄物って捨てる場所がないし、そもそも一万年なり十万年なりという年月の管理が必要と言われているものを「捨てる」というのが無理な話で。たとえば十万年前の人が捨てたゴミが現代に掘り起こされて、それがすごく迷惑なものだったりしたら大変だよね、と思うし。
　あと、友だちと一緒に地元をフィールドワークしてみたときに、「この町を含めて多くの自治体には、ゴミの最終処分場がないんです」という話を聞いて、驚いたり。そんなこんなで、自分の生活の中で切り離せないのがゴミの問題だなと思って。

音楽のゴミ

後藤　音楽にだって、ゴミの問題はあるんですよ。
藤原　音楽のゴミっていうのは……？
後藤　たとえば、ソニーのＣＤプレーヤーを大事に使っていたんですけど、調子が悪くなって、修理して使いたいなと思ったので、カスタマーセンターに電話したんですね。
藤原　ゴッチさんがソニーに電話したんですか（笑）。
後藤　音源を作っているところと、製品を作っているところと、会社が全然違うんで（笑）。電話したら「申し訳ないですけど、買ったほうが安いです」って言われて。
藤原　あー、わかる。

後藤　すごいショックで。修理担当の部署の人が「買ったほうが安い」って、そんなこと言う？と思って。あと考えざるをえないのは、CDだって、プラスチックゴミになっちゃうわけで。二〇〇〇年代後半から二〇一〇年代あたりは、街中を歩いていたら、すごい量のCDがゴミ捨て場に捨てられていたりしました。「iTunes でいい」ってなったんでしょうね。あと、イチジクの木に、CDがつり下がっているんですよね。カラスよけですかね。

藤原　はいはいはい、田舎ではよく見かけますね。

後藤　俺のじゃないといいなと思って、おそるおそるひっくり返したら、違うバンドのCDでしたけど（笑）。とはいえ僕らも、プラスチックゴミをずっと作っているみたいな悩みもあります。売れた、やった、一〇〇万枚、となったとしても、三年なり五年なりたったら、普通に一円とか一〇〇円とかで叩き売られたりするわけじゃないですか。今はもうないかもしれないですけどね。

そんなこんなで、ゴミのことにずっと興味がある中で藤原さんの『分解の哲学』を読んだら、ゴミにまつわる話がたくさん書いてあって。それで一緒に上勝町に来たいなと思いました。

原発のゴミの問題

藤原　私は後藤さんからお便りをいただいて、そうか、こういうふうな問題意識を持ったミュージシャンがいるんだ、ということに非常に驚きました。私もやっぱりよく似ていて、その昔、パナソニックのノートパソコンを使っていて、気に入っていたんです。ところが、画面がチカチカ光るようになった。これ、もしかしたら蛍光灯みたいなのを換えたらいいんじゃないかと思って、カスタマーセンターに電話したんですよ。そしたら「一〇万円する」と。さすがに「買い換えたほうがいい」とは言わなかったけど。

「こんなふうにして私たちは新しい物を買わされるんだ」と思って、なんかすごく腹が立った。そのときは東京に住んでいたので秋葉原に行って、ノートパソコン用の蛍光灯を、確か三万円くらいで買って、ドライバーで穴を開けてつけたら、直ったんですよ。七万円ゲットしたみたいな感じで。

後藤　あはは（笑）。

藤原　あと、私は島根県の出身ですけど、島根県は、全国で唯一、県庁所在地に原発があるところなんです。「平成の大合併」で、原発立地自治体の鹿島町が松江市に吸収されたというほうが、より正確ですね。さっきお話がありましたが、やっぱり原発のゴミの問題は、なぜそこが注目されないで「クリーンなエネルギー」と言われ続けるのか。あるいは原発に必要なウランとかプルトニウムを掘り起こす作業の現場では、多くの人が被曝し続けているのに、どこがクリーンなんだろうか。疑問が次々に浮かびます。

そういうふうにして、ゴミ、あるいは捨てられるものに関心があったので、ここに来ようというお誘いを受けたときはとても嬉しかったし、今日事前に見学をしたんですけど、ものすごく学ぶことが多かったです。

ゴミの値段、ゴミの行き先

後藤　本当にそうですよね。一四〇〇人ぐらいの町だからできている取り組みなのかもしれないですけど、でも、こういうことが他の町でもできたら、もっとシンプルに、社会ってよくなるよね、と思うんですけどね。なかなか難しいというか。

藤原　そうですね。ゴミを四五種類に分けるというのは、もしここに僕が住んだら、最初は面倒くさくなるんじゃないかなと思ってたんです。でも、ゴミを分けるところに、これを捨てたらお金がどれぐらい入るか、出るかという値段がすべて書いてあるんですよね。やっぱりこの、数値が出るというのに、私は弱くてですね。これで五円、これで一・九円って……昔から、野球でも打率を見るのが好きなんですよ。

後藤　わかります。

藤原　そういうかたちで、データが自分に語りかけて、分別を面白いゲーム……と言ったらちょっと失礼かもしれませんけど、そういう感覚で分けていき、最終的にはいらなくなったけど誰か使えへんかな、というものも、そのまま置いておいたら誰かが取っていってくれるとい

う、意外にお手軽な感じでできるのかもしれないと、今日見学して思いました。

後藤　確かに。新しい発見もありましたね。「瓶[※17]って、引き取ってもらうのが有料なんだ」みたいな。

藤原　そう！　引き取ってもらったら、お金をもらえると思ってたんですけど。

後藤　昔は、ファンタの瓶とか、酒屋に持っていって二〇円ぐらいもらって。

藤原　ファンタの世代ですね、我々。

後藤　そうそうそう。よく悪ガキが、俺はやってないですけど、酒屋の裏にある瓶置き場から瓶を持って行って、酒屋に返してお金をもらって、無限ループみたいに（笑）。見つかって、めちゃくちゃ怒られて、それは怒られるよ、みたいな。あとは、ゴミの行き先が書いてあるのもすごく面白かったですね。

藤原　そうでしたね。ここで捨てられたものの行き先なんですけど、北海道もありましたよね。乾電池かな。それから、トレイの中でも白いトレイだけは広島へ向かうとか。徳島県だけで処理されるわけではまったくなく、それぞれの専門家がそれぞれの県にいて、そこまで運ばれていくっていうのを知りませんでした。

後藤 あと物によっては紙も、たとえば、じゃがりことか加工が施されているお菓子の紙は再生紙ではなくて固形燃料に変わるとか。そういう行き先がわかるのは、すごく面白いことだなと。

藤原 私は仕事柄、もう職場が紙だらけですから、捨てる紙というのも、日々めちゃくちゃ多いんです。あるとき、それらが「雑紙」として、もう一回リサイクルできることに気づいて、心の負担がふっと軽くなったんですよ。

そして、リサイクルできるだけじゃなくて、もし最終的に分類が難しければ、固形燃料になってくれるということも、すごく勉強になりました。紙を九種に分けるんですよね。そういう世界があるんだ、ということにびっくりしました。

後藤 普通に暮らしていたら、紙は紙ゴミでまとめて、分けるとしても、新聞と普通の紙とダンボールぐらいですよね。分別が九種もあるとは思わない。

※17 透明の瓶：〇・五二円、茶色の瓶：一・六二円、その他の色の瓶：一・七一円（二〇二四年九月末時点）

くさいものに蓋をしてきた歴史

後藤　でも、この町でやっていることを、どうやって自分の生活の中に持って帰るのかというのは、悩みの一つですよね。

藤原　たとえば京都だと無理じゃないかなって、さっき三島さんとしゃべっていたんです。やっぱり「面倒くさい」という声が上がるのと、高温で全部燃やしたほうが、結局環境にいいだろうとか、たぶんいろいろ出てくる。ここでは、早い段階でゼロ・ウェイスト宣言を議会で可決しているけれど、地域によって、とくに都会では、やるとなるとかなりコンフリクトがありそうだなと思います。

後藤　普通に暮らしていたら、ゴミのこととか、とくにゴミの行き先とか、なるべく考えたくないことの一つだと思います。たとえば、僕がどこかでゴミの話をしたら、「またあいつ面倒くさいことを言いだしたな、音楽だけやっていればいいのにさ」みたいな空気になるのはよくわかる。だけど、「いやいやでもさ、黙って見過ごせなくない？」という気持ちで。

やっぱりだって、どこかで燃やしているわけじゃないですか。誰かの家の近くに焼却場があって、最終処分場が、どこかの山あいや海に埋立地としてあって。それをやり続けていいのか。

たとえばSDGsだ、「環境にいいものを買った、エコだ」と言っても、実はそれを作るときに出たゴミが、捨てられた先でめちゃくちゃなことになっている。そういうことって、たくさんあるから。

藤原　そういうふうに隠されてきた。歴史的にも、やっぱりゴミを扱う人、あるいはゴミを捨てる場所というのは、ずっと差別の対象であったり、においが発生するから消毒の対象であったり、社会から排除されて行く場所がなくなった末に、最後に逃げ着く場所であったりする。だから本当に、臭いものには蓋をするという感じなんですよね。

全世界共通で、捨てる場所はそういうふうに認識されてきたわけですけど、近年はここまでゴミが環境を圧迫して、私たちが暮らす場所自体を圧迫してきている。そしてとくに日本は、以前にも話しましたが、焼却炉の数が世界の中でも多いらしくて、なんでも燃やす。燃やすのには重油を使うことが多いので、つまりゴミを捨てるたびに膨大な燃料を使っている。そういうことを忘れたいというか、議論にしたくないというのは、歴史的に築かれているものだと思うんです。

ゴミが、ゴミではなくなるセンス

藤原　だけど、ここに来てみると、おしゃれで綺麗で、においも全然しないですね。

『分解の哲学』でも最初に書いたんですけど、品川のある公共住宅のアパートの一階にゴミ捨て場があって、そこに我々がガンガン物を捨てるんですけど、そこを綺麗に掃除して、かつ余ったダンボールでおもちゃを作ってくれる掃除のおじさんがいたんです。子どもも、すごくお世話になった。

ある日、うちの息子の誕生日にピンポンと鳴って、ダンボールで作った綺麗な二段仕立ての誕生日ケーキを持ってきてくれたんですよ。色が塗ってあって、蓋を開けるとチョコボールが出てきて。子どもも「わー、ケーキだー」って喜ぶ。そして、おじさんのその心意気というか、ゴミを芸術とか人の喜びに変えて子どもに見せてくれることに、実は親が一番喜んでいたりもする。

それと似たことを、この場所で感じました。たとえば、古い窓を集めてもう一度パッチワークするというのは、単にゼロベースを目指すだけじゃなくて、新しい、なんというか、美しさ、感情を私たちに与えてくれるものだなと。それが今回徳島を回っていて、ワクワクしたところです。ゴミだったはずなのに違う役割を与えてもらって、窓自体がすごく喜んでいるような気がするんですよね。

後藤　うん、こういうセンスって、確かにかっこいいなって思いますよね。どこの街も、ダーッと全部潰して再開発、みたいなことがほとんどで。まだ使えるものとか、歴史ある建物とかも、本当に簡単に潰しますよね。そういうのはやっぱりすごく寂しい。

その場にあるものでつないでいく

後藤　最近、静岡によく帰っていて、大正時代の石の蔵を守ってほしい、というおじいさんたちと話をしていたんです。戦争の火も大きな地震も逃れて残っている建物で、彼らにとっては、すごく思い入れがあるし、建物としても、古い伊豆石を使っていたりする。でも他の経営者たちは、「いやいや早く潰して宅地にしようよ」という感じで。

藤原　意外とお年寄りのほうが、新しい感じが好きというか。

後藤　僕たちぐらいの世代になると、「もったいなくない？」みたいな気持ちがちょっとずつ芽生えたりもするけど、基本的に世の中のほとんどの人は、そんなの潰していいと思っている気がします。

最近だと明治神宮の外苑の再開発もそうですよね。確かに球場が老朽化しているとか、いろんな問題はあるんでしょうけれども、百年前にいろんな人の寄附で植えた森を切るときに逡巡がまったくない。誰が植えたとか、昔からのパスだとか、景観が受け渡されるといったことは無視して、お金の物差しで計られる。

石の蔵は潰すのに数百万円はかかるので、むしろゼロ以下の、ただの負債と見られてしまう。再利用すれば、価値って、お金じゃないところでいっぱい作れるじゃないですか。人が集えるとか、地元住民たちの新しいハブになるとか。

そういう意味で、ここ上勝は、お金を払ってゴミとして扱われるしかなかった窓が、こうやって使われていたり、社会の端々に、住む人たちの価値観が見えてくる。完全にオルタナティブで、こういうフィーリングがもっといろんなところに増えてほしいなと思います。

藤原　上勝もそうだし、実は昨日は神山町でもいろんな方と出会って、とても面白かったんです。「その場にあるものでつないでいく」ということなんですよね。その場にいる人材、その場にある野菜、その場所でしかできないこと、それを集めて何とかつぎはぎしていく。それは、人間の普通のあり方であって、逆に言えば、つぎはぎこそが、私たちの生き方じゃないかと思うんです。

身の丈をやり続ける

持続可能なデリシャス

藤原　それともう一点、「SDGs」という言葉について考えさせられました。SDGsのSはみなさんご存じ、サステナブル（sustainable）ですよね。持続可能という意味ですが、これ自体も大変問題のある言葉で、経済を持続するのか、私たちの暮らしを持続するのか、地球を持続させるのかによって、まったく意味が変わってくる。基本、今のサステナブルは、「持続的に開発可能な」という意味になり果ててきていて、それはおかしいと思っています。そして次のDが、ディベロップメント（development）。開発という言葉ももう、いい加減にやめたほうがいいと思うのですが、明治神宮の外苑も再開発ですよね。

後藤　そうですね。

藤原　再開発というかたちで、空間を集合的に壊して、新しい価値観を作り直す。農業開発だったら、地域を開墾《かいこん》して広い土地にして、機械を導入しやすくした上で、利益が得られるような空間にガラッと変えていく。だからSDGsのDは、もっとちゃんと私たちが批判しなきゃいけないものだと思います。

昨日訪れた神山のパン屋さん（かまパン&ストア）は、SDGsを掲げているのだけれど、Dをデリシャスに変えている。サステナブル・デリシャス・ゴールズってなんだろうと思いますよね。

そのおいしさは、たとえばわくわくでもドキドキでもいいと思うし、ゴッチさんがさっきおっしゃっていたフィーリングでもいいと思う。それらがもし持続的に続くのであれば、それがいつの間にかゼロ・ウェイストになったり、地域の食べ物を通じて、おじいちゃんの世代と我々の世代、そして子どもの世代がつながるようになったりするかもしれない。それは、「倫理的にこの地球を守らなきゃいけない」というよりは、私たちに近いというか、やりやすいんじゃないかなと思ったんですね。

「住んでいる人」がいない開発

後藤　開発というのはやっぱり、そうやって、ごっそり変えることなんですね。

藤原　はい。ディベロップメントというのは、ディベロッパーという言葉があるように、やっぱり総合的空間開発なんですよ。すみません、ここから少し歴史の話になるので退屈されるかもしれないのですが、簡単に言うと、総合開発というのは農村開発からスタートするんです。

十九世紀に、ヨーロッパでたくさんの馬に犂《すき》を牽《ひ》かせたり、蒸気機関で土地を耕したり、合理的にかつ大量に生産できるシステムができあがった。

そのために農地を四角くして広くする。道路を通すとなれば、建物を移動させたり、建て直したりする。今度はそれに伴って施設も変えてみましょう、という感じで、総合的に全部が同時に開発されていく。都会に住んでいる人たちがドカッとやってきて、綺麗なのを作って、帰っていく。これがパターンになっていく。

そして百年ぐらい経って二十世紀の後半になると、今度は経済的な先進国が経済的に後発だと名付けた国や地域に対して、「ここは合理的な空間じゃないから、総合的に空間を変えていきます」というかたちで、お金を投じるようになる。日本の場合は、戦争で私たちは悪いことをしたけど、代わりに技術を提供しますといって、ＯＤＡ（政府開発援助）というかたちで開発にかかわっていった。

日本では一九五〇年代に、全国総合開発計画（全総）ができて、これで一気に全国の海岸がコンクリート化したり、海岸線沿いに火力発電所ができたり、ということが起こってきた。これらは、人ではなくて、生き物でもなくて、あるいはこの地域の雰囲気でもなくて、空間を変えていく。僕はこれが、開発のキーワードだと思っています。そこに住んでいる人の生身の姿が、「開発」の中にないんですよね。

後藤　なるほど。それは本当に「壊れたから買い換える」みたいな発想に近いですよね。

藤原　同じです。最初のほうの話に戻りますよね。本当にそのとおりです。

ここにあるものの価値

後藤　そんなに大きなチェンジが必要なのか、というのは思いますよね。

藤原　まったくそうですね。

後藤　たとえばそういう開発で、だいたい何に一番お金が払われているかというと、コンクリートだったりするじゃないですか。オリンピックで大きな競技場がボンッとできたり。でも今、たとえば介護職の人たちが、業務の過酷さの割に給与が少ないとか、いろんなところで、困っている人は困り続けている。そのお金があったら、その困っている人や場所に使えなかったのかなとか。

　徳島市のほうからここに来るときも、まだカーナビにも出てこないような新しい高速道路を通るんですよね。表示では海の上を走っているみたいな。生活道路とか橋のかけかえとか、全部が駄目とは思わないんですけど、このコンクリートに税金を使う流れは、いつまで続いていくのか、と思いますよね。

藤原　そう。その代わりに何に使うべきだったか、ということをやっぱり考えなきゃいけなくて、一つはたぶん教育だったんですよね。日本は失敗したなと思うんですけど、人を育てることに対して使う税金が、ＯＥＣＤ諸国で三番目に少ない。親が各自でがんばってください、と。その代わり総合開発で、土建屋を中心に地域にお金を落として、経済を回してきた。

だけど、昨日と今日、神山と上勝でいろいろなところを歩いて、都会にとって喉から手が出るほど欲しいものがいっぱいあると思ったんです。まず、本当に素晴らしい水が、山の上のほうから流れていて、湧き水もある。私たちの体の半分は水でできているので、やっぱりいい水が豊富であるのは素晴らしいこと。

僕も過疎地域の田舎出身なんで、山水を飲んで暮らしてきたんですけど、修学旅行で夢にまで見た東京に行って飲んだ最初の水の味が忘れられません。東京タワーの下のレストランでカレーを食べて水を飲んだときに、砂の味がした。東京の人は砂の味がする水を飲んでいるんだ、とすごい衝撃を受けました。

ただ基本的に、いい空気といい水のありがたさは、住んでいる人にはわからない。その価値よりも、何かを開発して、大きなものができてよかったね、となってしまう。だから、ここに住んでいらっしゃる方が、ここにあるものの価値を、もう一回だんだん再価値化して、それをつぎはぎしていく。

たとえば給食も、食材を遠くの大きな食品工場から流通を通して買い取るんじゃなくて、その地域にあるものでおいしい給食を作ろうぜ、というふうな方向へ、若い人たちが動いている。それに、私は心が洗われるというか、すごく幸せな二日間でした。

ハザマの時代に生まれて

後藤　フィールドワークされていて、若い人に会う機会が多かったんですね。

藤原　そうですね。昨日はずっと若い人とお酒を飲んで、お話をうかがっていたんですけど、ちょっとずつ変わってきているというか。

　後藤さんと私は同い年で、まったく同じ日に生まれましたが、それは、高度経済成長期が終わって、七三年にオイルショックが起こって、ちょっと成長が緩やかになった時期。まだイケイケの親世代の影響を半分被りながら、半分では、いやちょっとこれはおかしいんじゃないか、というエコロジカルな考えを持った人や、たとえば宮崎駿《はやお》さんのアニメのような世界観も観てきた。ハザマの世代だったような気がするんですよ。

後藤　確かにそう思います。もちろん東京への憧れって、やっぱり十代の頃はありましたよね。でもなんか僕、受験で東京に来たときかな、めちゃくちゃ悲しい気持ちになったんですよ。

藤原　それはどんな。

後藤　寂しいと悲しいの間ぐらいで……果てしもなくビルが続いていて、どれだけの人が住んで、暮らしていて、みたいなことを思って。その途方もなさに圧倒されて。

藤原　そういうことに心が動かされるというのは、もはや都会の人にはないことかもしれないですね。でも、作家の石牟礼道子さんも、水俣病事件の原因企業であるチッソの本社の前で座り込みをしていたときに、猫がトコトコやってきて、アスファルトをシャシャッと爪でひっかいているのを見て、衝撃を受けたそうなんです。それを石牟礼さんは、これは大地を窒息させているんじゃないか、というふうに表現をしたわけですけど。

だから、私たちの年上にも先駆者がいて、そういう人たちのおかげで、こういうふうなことを考えられるようになっているんですよね。

後藤　そうですね。

藤原　たとえば、京大にいた石田紀郎《のりお》さんは、和歌山のミカン農家で学生たちと一緒に仕事をして学ぶ「農薬ゼミ」を作りました。農薬害で亡くなった高校生の家族の思いを受け継ぎ、省農薬ミカンの栽培と販売をしています。とてもおいしい個性的なミカンです。

そういう先駆者もいた一方で、どんどん開発をして、新しい世界を私たちに見せようとしてがんばってくれた大人たちの中で、こういうことを忘れてきてしまった。

だけど、今回いろんな方と出会って、ちょっと変わってきたかもしれない、と希望を抱きました。というのも、我々の世代から下の人たちが、高速道路やゴルフの練習場ができるより、こっちのほうが楽しくなるじゃん、という感じを持っておられる。勇気が湧いてきましたね。

自分のマッピングをし直す

後藤　ゴミの処分も、どこか自分の町じゃないところに預けて、ローカルから切り離してしまえば簡単なんですよね。電気だって自分の町じゃないところでできているし。そこを、いかに切り離さないで、自分の体のサイズで、ちゃんといろんなことを感じられるか。ここの町の人たちも、ローカルを見つめ直しているから、ゴミの分別ができるし。

藤原　そうですね、サイズ感がありますね。

後藤　ネットだと、音楽でも、とにかくグローバル化せよ、という圧だけがくる。でも若い世代には、自分でやれることを自分でやるみたいな人たちが増えている。たとえば奈良で、五味《ごみ》岳久《たかひさ》という素敵な男がLOSTAGEというバンドをやっているのですが、彼は配信サービスに曲をのせたりもせずに、自分でCDを作って、ジャケットもデザインしてパッケージに詰めて、一枚一枚「買ってくれてありがとう」と書いて送るみたいなことをしている。

藤原　すごく古くて新しいですね。

後藤　あとは友だちの、東郷清丸《とうごうきよまる》は、最終的にツアーを徒歩でやりたいって言ってました。

藤原　徒歩でツアーですか？

後藤　それが究極だと。一回、誰の力も借りないでやって、自分がどれぐらいのサイズで、どれぐらいの力でできるのか、ということを知りたい。彼が言うには、もう今、デザインの仕事でも何でも、誰に頼んだらうまくいくかは何となくわかる。仲間内で、あの人、あれが得意だなって。でも自分でやってみることにも、すごく意味があって、学びがあって、そうすることで、人に頼むときの意味がまた変わってくる。

これはもう、自分のマッピングをし直すということですよね。「おまえ、伊能忠敬《いのうただたか》みたいだな」「私は伊能忠敬です」とか二人でも話したんですけど。やっぱり、そういう測量をちゃんとやっていくのは、けっこう大事なのかな、と思うんです。

藤原　ここで伊能忠敬ですか！

後藤　それをしないでローカルから切り離してしまうことで、大きな力の一部になって、いろんな人を踏んづけてしまったりする。開発すれば便利になっていいでしょ、神宮外苑なんて、別に街が綺麗になったらいいじゃん、最高じゃん、ビールで乾杯しようぜ、みたいな気持ちが、誰かの思いや人生を踏んづけたりすることもある、というか。

あの森を大切に思って生きてきた人とか、あの静けさとともにそこで心地よく暮らしている人だったりとか、あるいはあそこの道路で、普段休んでいる人たちだったりとか。

僕も彼らを見習って、身の丈をやり続けなきゃいけない。いろんな運動にも呼ばれて参加するんですけど、「本当に身の丈か」と考えることが最近増えていて。これは、私の憤りと本当に直結しているのか、とか、私事としてちゃんと参加できているのか、ということも、面倒くさいけど、いちいちやっていかないといけないんじゃないかなと。

虚栄心に、はまらないように

藤原　後藤さんは、多くの人が知っているミュージシャンとして期待されること、あるいはきっと、ちょっとお金持ちた人がやってきて、身の丈をはるかに超える依頼をされたりすることも多いと思うんです。でもその中で、アジカンの歌詞もそうですけど、かなり低い目線を保っている。それは実は相当大変なことなんじゃないかと、傍《はた》から見ていて想像するんです。

なぜそういうことを言うかというと、研究者の世界でさえ、自分の能力をより高く見せようという無理がたたって、心折れていく人がたくさんいるんですよね。自分はこれぐらいのレベルだから、ここでやれることを一生懸命やる、というのは案外難しい。

今回、神山と上勝で若い人たちとおしゃべりしていて気づいたのは、誰も無理していないいんですよね。お話をするときに、必要以上のアピールが来ないというか。東京でしゃべっていると、たまに、「自分がセンターオブ世界です」という感じの人とも出会うんですけど、それがないから、逆に可能性をビンビンと感じる。

後藤　そうですね。なんでしょう、虚栄心ですよね。

藤原　そうです！　これや、という三文字で表していただきました。私が言いたかったのはそれです。

後藤　自己紹介をするときに、こういう人と共演したことがあると言ったり、プロフィール資料に、何かを受賞したと書いたり、どうして書いてしまうんですかね。

藤原　そうですよね。でも僕もこの前、大学の講義で「後藤さんと会話したことがある」って学生に言っちゃったな（笑）。やめようやめよう、良くない。まだ虚栄心があるな、私は。

後藤　いや、それは全然、僕もあるんですよね。だからこそ、なぜそんなことをしたいと思うのか、とっても不思議だなと。音楽をやっていると、実際「後藤さん、後藤さん」とちやほやされる場所のほうが、居心地が悪かったりして。あとは、はっきり言うと、ずっと向こうまでお客さんで埋め尽くされているより、顔が見えるこのぐらいの距離感で良くないか、みたいな気持ちがある。とにかく人をたくさん集めるのが偉いとは、もはや思っていないんです。

　音楽って、気持ちがいいサイズがある。一万人集めても、ステージの上は地獄絵図、みたいなこともあるし、本当に少人数で、みんな近所から来たかのような、心地よくアットホームな場所でしか体験できないこともあるんです。

藤原　後藤さんがそれを言うのが、なんか素敵ですよね。すごくたくさんの観客の前で歌ったこともある人が、でもやっぱりこれぐらいの規模感がいいと言う。これはたぶん、食べ物にも当てはまって、たとえば今日、ビール屋さんを見てきましたけど、大量にビールを作って大量に売る店や会社もあるわけですよね。だけど、この規模感でおいしいビールができていて、それが四号店五号店とでき始めると、どんどん味が落ちていく場合もある。それも一緒だと思うんです。

後藤　そうなんですよ。大事なのは規模じゃないですよね。商売の規模と良し悪しとは全然関係がなくて。音楽の聴かれ方も、ある人が「いい」と思ってくれたことは、相対的なものではなくて、それだけが価値で、一つの成果で。隣の人がどういいと思ったか、思い方を比べる必要もないというか。

藤原　そうですね。

後藤　だから「比べたい」というところにはまり込まずに、そういうのはどんどん落として、ローカルになっていきたい。

エコロジーにローカルから挑む

暮らしがあるという大前提

後藤　僕は別に普通の人間ですからね、ただ音楽やって、ただ「リライト」（二〇〇四年）作っただけですから。

藤原　ただ「リライト」作った……。

後藤　ただ「リライト」という角度で突き抜けただけであって。あの曲が、僕の作った曲の中で飛び抜けてすごいとも思っていないんだけど、でも、そういう突き抜け方って、それぞれどこかで、みんなしていると思うんですよ。ただのキャラの違いで、どっちがすごいとかは、あんまりないいんじゃないか。「リライト」作ったから俺はもう皇帝だ、明日から一人称を変えよう、みたいな……。

藤原　どんな一人称になるんだろう（笑）。

後藤　「朕《ちん》は」ってしゃべろう、みたいな思い上がりはまったくできない（笑）。音楽なんて、みんなが本当に食うに困るほど貧困な社会を迎えたりしたら、あっという間に聴く余裕もなくなる。震災の後なんかは、「なんで今、音楽なんてやっているんだ、不謹慎だ」みたいなボールが、もう、顔中が腫《は》れるぐらい飛んできました。でも、そういうものだと思うんですよ。うん。みんなの幸せな豊かな暮らしの上に初めて、音楽を聴く余裕ができる。そっちのほうが先じゃないか、という気持ちは常々ある。

平日勤めにも出ず、スタジオにこもって、音楽のことだけやっていられるって、全然偉そうに言えることじゃない。ありがたいことです、と思っていて。ロックバンドをすると、なんでキャラがロックスターになるんですかね。ステージで「かかってこいよ」とか言ったり。

藤原　後藤さん、「かかってこいよ」って言わないですよね（笑）。

後藤　そうそう。「おまえら」とか言うじゃないですか。僕も別に、「お客さんは神様だ」とは思っていないけど、「おまえら」とは言えないなと思って。

藤原　でも「おまえら」でウォーって盛り上がるのは、つまりもう共同体ができちゃったということになるんでしょうね。

後藤　でも、なんかちょっと、上下がある感じがしませんか？　「眼鏡！」とか野次を言ってくる奴には「おまえ」って言いますけど（笑）。そういうところで、さっき言ったように、ローカルが見失われていく感じがするんですよ。集まってくれた人を「おまえら」と呼んだ瞬間に、僕はカタカナの「トウキョウ」的な、ローカルを剝ぎ取った何かになり果てるというか。

藤原　わかるわかる。

後藤　あれが恐くて。みんなが求めるゴッチ感も出したいというか、音楽的にすごかったと感動して帰ってほしい、みたいな気持ちはあるんだけど、それとこれとは別だろうと。私が私のことを強烈に特別だ、「朕だ」と思うのとは別なんじゃないかと思うんですよね。そういうのって、学者さんは少ないですよね？

藤原　いやいや、そんな学者は少なくないですよ。学問の世界は、後藤さんの世界よりもっと狭いんですね。狭い分、ちやほやする人が三人ぐらい集まれば、すぐに皇帝になれるんですよ。今では随分と減りましたが、小さな学問集団のトップになると王様気分になる人が多いです。でもそれはたとえば、すごい長い名前の学会の、一人の王様に過ぎないわけです。それが飲み会になると「おまえら」になるわけですね。とくに男性の先生。一昔前は、そういうことが多かった。

本を書くという仕事に置き換えてもそうで。一万部本が出たとか、いっぱい反応をいただいた、となると、やっぱりちょっとユーホリックな気持ちになる瞬間がある。でも所詮、白い紙に黒いインクを垂らしているだけであって。

それは後藤さんの言ったこととまったく同じで、時間がないと書けないわけなので、やっぱりご飯を作ったりとか、田んぼで稲や小麦を育てたりという営みを前提にしてしか成り立たない。本を書くとか、研究をするとかいうことは、余技というか、上澄みで、とにかくあんまり威張っていられない行為なんですよ。だけどいつの間にか「朕」になる人が多いというのは、音楽業界と似ているところもあるんちゃうかなと思いました。

生まれて突然、あのイントロを弾けるか

後藤　でも学問も音楽も、書かれたことだったり、書かれた曲だったりが素晴らしいんだと、僕は思っているんですよね。ですから、書いた人間のことは、どうでもいいんじゃないか、というところも少しあって。

藤原　いい話ですね。それはいい話です。

後藤　なぜかって言うと、僕たちはもう徹底的にパスされたものを使って考えているし、物を作っているじゃないですか。メロディ一つとっても、いや本当に俺が天才だったら、生まれたそばから、「消してー」って歌ったと思うんですよ（笑）。

藤原　早っ（笑）。後藤さん仏陀説。

後藤　まあそれは早すぎるけど、母親から一言の日本語も教わる前に、あるいは一つのメロディも知らずに、生まれて突然、あのイントロを弾けるのか、サビのメロディを歌えるのか、みたいな、そういうことじゃないですか。

ギター一つとっても、長い歴史の中で、あの楽器があの形に編み上げられてきたわけですよね。それを使ってやっているにすぎない。日本語もそうで。これって、ここに集まったみなさ

んには関係ないかというと、全然そうではなくて、私たちがリスナーとして音楽を聴いたり、言葉を読んだりしてシェアしてるフィーリングが、アーティストや学者に作用している。

私たちが普段使っている言語とかメロディに対するフィーリングなしに、ある種の考え方が新しいと思われたり、ある種の楽曲にみんなが感動したり、そういうものがシェアされることはないわけで。だから、その楽曲がいいんだとしたら、そこにまつわる体験をしたすべての人の功績で、その楽曲が素晴らしくなっているというか。そう考えると、自分のどこが偉いのかなみたいな。

藤原　そうですよね。

後藤　私の中に、楽曲の何かが湧き出てくる泉があるわけではなくて、ただみんなのフィーリングの中で、何かを一つのきっかけとして発露するものでしかないと僕は思う。

公共財としてのビールや学問

藤原　さっき、ビール屋さんのRISE&WINでお話をうかがったときにも同じ気持ちを抱いて。たとえばビールという食文化も、ある天才が生まれてすぐにビールを醸造するとかあり得ないわけですよ。

後藤　そうですよね。

藤原　やっぱりいろんな人たちの知識や技能を利用して、それを自分たちのたまたまある水と、たまたまある場所と、たまたま棲んでいる菌の発酵を使って作る。お店の方がおっしゃっていたのは、全国の小さな規模でクラフトビールを作っている方々は、やり方を無料で情報提供していたりするそうです。それは独占しないということ。「これは俺が作った俺のビール」じゃなくて、おそらく先代の先代の先代の、初めてビールができたメソポタミア文明の発生の地チグリス・ユーフラテス川のあたりで作った人たちの分も含めた知識や技能が、ばあっと流れてきて、ここにビールがあるんだから、公共財の一つですよね。

後藤　ああ、コモンと考えるということですね。

藤原　学問も同じで、私が書いた、たとえば『縁食論』という本も、たぶん九九パーセントぐらいは、どこかで聞いたこと、どこかで学んだことです。すごく面白い本を読んでたまたま残っていることや、私は行き詰まると音楽を聴くことがあるんですけど、その音楽のフレーズも、たぶん知らないうちに書いていたりするんですよ。そういう、これまでのいろいろな文明の集合体であるにもかかわらず、「俺の俺の」とやると、「朕は」「おまえらは」となると思うんですね。

後藤　なるほど。

藤原　後藤さんも、音も一つの共有財産であって、シェアされるべきものである、ということをすごく意識されているから、等身大なのかなと思います。

ローカルとしてのボディを鍛える

後藤　うん、そうなんです。だから逆に言うと、ローカルとしての自分に、すごく注目している。言語にしろ、学問のことにしろ、みんな同じようにバトンを受け取るわけじゃないですか。でも、それを編み直すのは私のボディで、どうやって、また別のかたちで何かを作ろうかというのは、私がやるしかない。

それは、常にかたちが変わっていくもので、ちょっとさぼったらすぐに錆《さ》びて、全然何も出てこなくなる。そういう意味で、自分を整えておかなきゃいけない。「俺ってすごい」みたいな整え方ではなくて、なんというか、内側を点検するように。

藤原　なるほど。

後藤　だから、本を読んだり、映画を観たり、いろんな作品に触れて、自分の感覚をちょっと尖《とが》らせておいたりする努力を内側に向かってしていかないと、あっという間に何かが失われていく。

藤原　そうですね。鍛えるというのは、自分を武装するというよりは、どんなことが入り込んでもすっと消化できるように、自分の胃袋を鍛えておくみたいなことなんですね。メンテナンスして、しっかり感性を研ぎ澄ましておく。

ローカルに住んでいる以上、いろいろな予期せぬものが不可避的に来るけれど、後藤さんはそれを、開発的な力でバーンと防御するんじゃなくて、とりあえず受け入れるローカリティを大事にする。それが、何か、人を大切にするということだと、僕は思いますね。

後藤　確かにそうですね。自分のローカルに注目すると、人それぞれにもそれぞれのローカルがあることがわかるというか。

藤原　昨日うかがった神山の農業高校には、あゆハウスという名前の寮があって、高校生たちの自治寮なんですね。毎日、朝ご飯と夜ご飯を自分たちで作っている。彼らにインタビューしていて聞いた、「ここにいると自分が自分であるということを、みんなに認められている気がする」というすごくシンプルな言葉が、響いたんです。

彼らは地元の子たちではないんですけど、ご飯を一緒に食べたり、よく話し合って言葉を交わしたりするだけで、中学校のときには味わえなかった、「私が認められている、誰かにちゃんと大事にされている」という気持ちを抱いたと言う。

ローカルの中でしかボディは存在しない、ということを意識すれば、「あなたがその場にいるだけで本当にありがたい、嬉しいよ」というメッセージになるということに、気づかされたんです。

否定されないということ

後藤　うん、大事だと思います。人に認めてもらうことって、コンプレックスとかも含めて、洗い流す力があると思います。たとえば、僕、背が小さいんですけど、あんまり気にしていないんですよ。
　すごく背の高い人と話していても、身長のこととか考えないというか、同じくらいの目線だと思って話している。なんで気にならなくなったのかなと思うと、友だちとか、そういうことを問わない人たちと長らく一緒にいれたということ。それはアジカンのメンバーも含めてなんですけど。

藤原　問わないって大事ですね。

後藤　メンバーから、背がちっちゃいイジリをされたこと、一回もないですね。でも別に、嫌だからやめて、と言ったこともなくて。他の仲間もそうですが、お互いの価値を、音楽とか、話が面白いとか優しいとか、そういうところで認め合って一緒にいるから、卑下《ひげ》せずにいられるんだな、と思えたのは、すごくありがたいなと。

藤原　昨日の高校生も同じことを言っていました。否定と批判は違うんですよね。友だちとのあいだでも、クリティーク、批判は、非常に創造的な行為だと思います。だけど否定というのは、「そもそもあなたがここにいるのがうざい」というメッセージで、それがけっこう、簡単に、若い子たちから出てくる言葉になってしまっている。でも、寮にいるかぎりはそれが一切ない。たぶん、みんなでご飯を作り合ってつながっているので、存在を否定したり、その人の個性をいじるよりも、もっと楽しい、しゃべらなきゃいけないことがいっぱいあるんだと思います。

エコロジーにローカルから挑む

後藤　そうですよね。でも、どうやって、お互いに認め合っていけるんですかね。

藤原　それは本当に、みなさんといろいろ議論していきたい、大事なところですよね。

後藤　そうなんですよね。こないだ斎藤幸平さんと、自分の考えとは相入れないような考えを持っていたりとか、言ってはいけないことを言ったりする著名人がいるけど、会ったら普通にいい人だったりする、という話になったんです。

確かに、会ってまで本当に嫌な人って、少ない。だいたいはいい人で、ただ別のところで、邪悪だなと感じるところがあったりする。それに対して、私たちはどう考えていくのがいいんですかね、という話をしたんですよ。

それはまだ、自分の中では全然結論は出ていなくて。でも今、いろいろなところで起こっている論争には、その二つの違いを区別ができなくて揉めていることも多いと思う。

藤原　ＳＮＳはそういう装置になっていますよね。

後藤　この人のやったことはよくないけど、その人を未来永劫《えいごう》キャンセルするとか、目につかないところに追いやってしまう、みたいなのは、本当は全然別次元の話であって。

藤原　そうですよね。アジカンの歌と、ゴッチさんという人の人格は切り離して、その作品の批評がないといけない。本も、藤原がこういう性格だから、この本を書けました、というのではなくて、作品として批評し合って、高めていく世界がないと、属人攻撃になる。

後藤　そうなんです。これもある種の、ローカルに対する考え方のこじれみたいなものではないかと。ゼロ・ウェイストから旅をして、こんな話に来ちゃいましたけど、いいのかな。

藤原　まとめるとたぶん、私たちが「エコロジー」と言っているときの考え方がまだ狭いということですよね。「エコロジー」が多様性を認めることだとするならば、人にも当てはまるはずなのに、いつの間にか、人間対自然の問題に回収しすぎた。けど、こうやって地域を歩いてみると、みんなやっぱり人も大事にしている。私たちは、巨大な虚栄心的なエコロジーから、どうやって離れていけるのか。今日は全体を通して、そういう話をしてきたのかな、と思いました。

後藤　そうですね。だから僕は、半分諦めていたエコロジー、SDGsみたいなことに、ローカルから挑むことができるかもしれない、と思いました。家で必死に分別をして、ゴミを洗って出すと、こんなに綺麗に集まるというのが、一四〇〇人ぐらいの規模ではできている、ということじゃないですか。それは、それぞれが、本当にローカルの自分の台所でやった結果で。斎藤幸平さんは、個人の努力では無理だ、という言い方もされていますけど。

藤原　たぶん、ここでやられていることは、個人の努力じゃなくて、なんて言うかな、個人以上のものだと思うんですよ。一人のあなたの努力が足りないからゴミが分別できない、という責め方をしない。

後藤　なるほど。

藤原　一人ひとりの努力を倫理的に問うてしまうとだめで、「ゲーム感覚」と最初に僕が申し上げたのは、そこが大事だと思うからなんです。つまり、その人が「やってみよう」と思ったからやっている、それが集合的に集まってできている、という感じ。

後藤　なるほど。それぞれの「やってみよう」が、すごく大事だってことなんですね。外から来るとどうしても、制度とか施設とか、ローカルから離れてグローバルな視点で見てしまいますけど。

藤原　私も、神山と上勝って、もしかしたらライバルで、めっちゃいがみ合っているんじゃないかとドキドキして、もしそうなら、今日こういう話はできないなと思ったんですけど、まったく問題ないと言われたんです。

後藤　なるほど。

藤原　しかもみなさん、お互いに知り合いで。そういうのが、いいなと思います。

映像をめぐる往復書簡③　『アメリカン・ユートピア』

藤原辰史さま

藤原さんとどんな映画を観るのがいいのか、いろいろ考えてみたのですが、僕が選んだのは、デイヴィッド・バーンのブロードウェイでの舞台をスパイク・リーが映画化した『アメリカン・ユートピア』（二〇二〇年）です。

デイヴィッド・バーンはスコットランド生まれで、アメリカで活動するアーティストです。僕らが生まれた七〇年代の後半から、八〇年代を中心に活躍したトーキング・ヘッズというバンドのフロントマンでした。ニューヨークのパンクシーンから登場した彼らは、演奏にアフリカのビートを取り入れて、ポスト・パンクと呼ばれる実験的なロックバンドの代表格になっていきました。トーキング・ヘッズの話をすると紙幅が足りなくなるので、今回は割愛《かつあい》させてください。彼らは九〇年代に入ってすぐに解散しました。

ソロのキャリアを重ねた彼は、二〇一八年に『アメリカン・ユートピア』というアルバムを発表しました。タイトルとは裏腹に、女性アーティストが客演していないということで物議を醸しました。彼はそうした指摘に対して、SNSで感謝と反省の言葉を綴《つづ》りました。そしておそらくその感謝と反省の弁の延長線に立って、この時代ならではの、ダイバーシティという観点から構築されたのが『アメリカン・ユートピア』のステージだと言えます。映画を観てもらえばわかるとおり、男性女性だけでなくクイアも包摂していますし、南半球の打楽器奏者や有色人種もメンバーに含まれています（一方で、アジア人のメンバーがいないということも指摘されています）。監督がスパイク・リーというのも、この映画を味わい深いものにしていますよね。

この原稿を書くにあたって『ドゥ・ザ・ライト・シング』（一九八九年）というスパイク・リーの映画をデジタル配信で観直しましたけれど、公開当時に彼が描いた差別や社会にまつわる問題意識が、現代にもすっぽりと当てはまっているように映って、複雑な気持ちになりました。いくらかの前進はあれども解消には至っていない。『ドゥ・ザ・ライト・シング』では、アメリカの歴史的な人種差別や移民の問題を背景に、小さな諍《いさか》いと暴力がお互いのゆるい愛や尊敬を簡単に燃やしてしまうディストピアのような瞬間をスパイク・リーは描きました。そんな彼が記録した舞台のタイトルが『アメリカン・ユートピア』なのですから、この映画のタイトルは、ある意味で『ドゥ・ザ・ライト・シング』でもあると僕は妄想します。共通のテーマを持っていると感じました。

『アメリカン・ユートピア』の特徴的なところは、ミュージシャンたちが楽器を持ったまま、自由に移動できるようにステージが組まれているところですよね。本来、僕らが演奏している楽器のほとんどは有線ケーブルでつながれています。そういう場合には、ケーブル（ワイヤー）の届く範囲でしか動くことができない。しかし、近年では無線技術が発達して、ギターやベースやキーボードなどの楽器からの信号を送信機と受信機を使ってアンプまで送ることができるようになりました。音の劣化や変化もほとんどないと言っていい。大きなアリーナや野球場のような場所のコンサートでも、近くまでアーティストがやってきますよね。マイクも、もちろんワイヤレスです。演奏者がしているイヤホンからは、寸分の遅れもなく自分たちの演奏が聞こえます。

そうした技術の助けを借りたうえで、『アメリカン・ユートピア』が画期的なのは、ドラムスを分解したところだと僕は思います。打楽器を、それぞれが持ち運び可能なパートに分解しています。マーチングバンドを想起すれば、演奏形態としてはそれほど目新しくはないのかもしれませんが、ポップミュージックの生演奏では、ドラムやパーカッションはまとまった打楽器の集合体として、ステージの特定の場所に固定して演奏するスタイルがスタンダードでしたし、そうした打楽器の集合体としてのドラムスやパーカッションにはたくさんのスター演奏者がいるような時代ですから、それを分解して、さまざまなかたちで個人に割り当てるという行為は、発想の角度として「新しい」と思いました。ビートを分解することで、それぞれの演奏者が移動の自由を得たわけです。ただ、これは先祖返りとも言えますよね。ドラムセットの発明は十九世紀末ということですから、打楽器という原初の楽器の成り立ちから考えれば、ドラムセットでの演奏のほうが音楽史的には歴史が浅くて、ごく最近のことだと言えます。

打楽器を分解したことで舞台上の演奏者たちは自由を得たんですけれど、少しだけ気になったところもあります。それは、マーチングバンドのイメージを引き継いでいることです。現代のアメリカではいろいろなマーチング（行進）のスタイルがあって、もちろんエンターテインメントの一要素としての演出だとは思いますが、その源流を辿れば軍隊があるわけです。もちろん、『意志の勝利』にも登場しますよね。そのときの返信にも書いたとおり、コンサート文化自体がナチスも使った音響技術の川下にいるわけなので、ことさらマーチングバンドに注目するのはおかしいのかもしれない。しかし、こうした共通点について、藤原さんがどういうふうに考えるのかは、質問してみたいことの一つです。

藤原さんと一緒に僕のスタジオでこの映画を観たときには、藤原さんは演奏者が同じ衣装を着ていることに着目していましたよね。彼らはユニフォームを着ている。同じグレーのスーツを着ることで、ある意味ではそれぞれの出自の違いが一旦リセットされて、公正にそれぞれの人間としてのキャラクターだったり、演奏力だったり、そうしたパーソナルな部分を際立たせるような目的があったのではないかと想像しますが、ある種のチームとしての目的への結束を高めるようにも作用しているとも感じます。一人で映画館で鑑賞したときには、ほとんど気にも留めなかったことですけれど、『意志の勝利』を観た後であること、ナチスを研究してきた藤原さんと一緒に話すことで、僕はそれまでとは少し違った角度で、彼らのチームワークを眺めました。

トーキング・ヘッズ時代のデイヴィッド・バーンは、フロントマンということでどこか独善的なところがあったのではないかと思います。それはアジカンにおける僕にも当てはまることで、前にも書いたとおり、芸術というのは独善的な性質を多かれ少なかれ核心に抱えています。音楽的に豊かだと絶賛されている『アメリカン・ユートピア』にも、そうした性質がないとは言えない。世界中で夢想され続けてきた「ユートピア」の実現みたいな行いが一向に成功しないのは、あるいは失敗し続けているのは、芸術と似た独善的な性質があるからなのではないか、それが権力や暴力と一体化しやすいからではないかと、ふと思いました。このあたりの「ユートピア」の失敗について、歴史学からの解説を聞いてみたいなと思いました。お願いできますでしょうか。

トーキング・ヘッズがアフリカのビートを取り入れてから、二十年以上が経ちました。彼らは白人のバンドでしたから、現代の価値観で計れば、「文化の盗用」という言葉が当てられてしまうかもしれない。そういう視点を、デイヴィッド・バーン本人も自身に対して抱いているのではないかと僕は思います。『アメリカン・ユートピア』の中では、トーキング・ヘッズ時代の楽曲も演奏されていました。さまざまな人たちとバンド時代の楽曲を演奏し直したわけです。これまでの芸術的な発見、そこにある少しの違和感や後ろめたさ、そうしたものをフェアに均《なら》していくというか、新しいシェアの仕方を考えることで、正しい場所に収めていくような感覚。『アメリカン・ユートピア』には、そうした彼自身の、自分の芸術性と芸術の中にあるいくらかの暴力性を、正しさについてよく考えたうえで、正しく使うのだという意志が含まれているように感じます。

あっけらかんとしてはいませんが、全体としては、さまざまな思索によって編み込まれたポジティブな布、みたいな表現だと思いました。ただ、その中にも反転させてはいけない要素が組み込まれています。権力や暴力が隠れている。だから、いろいろ考えさせられる。映画では、素晴らしいミュージシャンの演奏の中で、もっとも演奏力に乏しいのはデイヴィッド・バーンであることも浮き彫りになります。音楽的には豊かだと多くの人が感じるだろう演奏の上では、意識的に、音楽的な豊かさとはコントラストのある言葉＝歌が選ばれています。彼が社会的にも、舞台や演奏の中でも、トリックスターのように浮き上がってくるようにも見える（もっとも、彼はこの舞台のリーダーですが）。だから、彼が観客に問いかける言葉が妙に響いてきます。僕はずっと、音楽が豊かだから彼の言葉が伝わってくるのかと思っていましたが、ある意味で、彼が舞台上で周囲から浮き続けていることが、その違和感というか疎外感が、彼の言葉を際立たせているのかもしれないと思いました。

誰もがあんなふうには演奏できない。「ユートピア」と銘打たれた完成度の高い演奏には、実は多くの人は訓練なしに加われません。どんなに練習しても、技術の習得には個人差があります。しかし、この映画のフィーリングには連なることができるかもしれない。僕は本当に簡単に連なって、なんて最高な映画なんだと感動して、たった一人映画館の後方の席でスタンディングオベーションをしながら、僕らがうまくやっていける可能性を感じました。皆が参加することで社会は良くなるはずだという市民としての活力になりましたし、ミュージシャンとしては、「音楽に政治を持ち込むな」という言葉の前で萎縮する必要なんてないんだと、励まされたわけです。デイヴィッド・バーンは雑誌の企画で自分自身にインタビューするという不思議な原稿を書いていましたが、その中で、芸術には社会を変えるような力はないけれど、同じコミュニティや集団にいる人たちを勇気づける力があるんだと言っていました。そんなこともまた、頭を過ぎりました。

社会が芸術のような、一糸乱れぬ音楽の演奏のようなものだと考えると、とても恐ろしいですよね。そこに潔癖な合否のラインを作るのだとすれば、僕らが生きることのほとんどが、そのラインをクリアするための技術に回収されてしまう。人生が丸ごと、厳粛なルールに合格するための訓練だとしたら、不自由極まりない。そんなこと考えないでもいいように、自動的に訓練が済むように設計されるのかもしれませんが……。でも、政治や社会への不参加を決め込んでいると、あるいは圧倒的なリーダーに何もかもを任せていると、そういうことが実現してしまうのかもしれない。芸術的な政治や社会は危ないですけれど、そうした危険性に抗うことが芸術にはできる。そうしたアンビバレントな性質を、この映画を観ながらたっぷりと感じました。

藤原さんが、改めてどんな言葉を綴るのか、どんなことを話してくださるのか、とても楽しみです。

後藤正文

後藤正文さま

『アメリカン・ユートピア』、もう心躍らせながら観ましたよ。数学の図形の問題を解いているような、そんな演奏者たちのテキパキとした、それでいて自由な動き。鳥の目のアングルで味わいながら、今度は真正面に立ってみると、音楽と音楽を奏でる人たちの表情が激しくて楽しくて、お祭り気分になる。優れた楽器演奏と、祝祭的な高揚感の背景に、新しい音楽技術（とくに無線テクノロジー）があったなんて知りませんでした。ナチスのマイクの技術の話とつながり、とても勉強になります。

そして、この映画は、この世の残忍な力に向かって、朗らかに否を唱え、朗らかにそうではない社会もあってもいいじゃない、と抗ってみせる。作品が朗らかである鍵は、デイヴィッド・バーンの自己凝視だと感じました。二〇一八年の『アメリカン・ユートピア』というアルバムでは女性が客演をしていないと批判を受けて、それに対して率直に謝った、と後藤さんの手紙で知って感激しました。単なる自己完結の男の作品だったら息が詰まります。ときたま道化にさえみえるバーンは、後藤さんも言っていたように、自分を周囲の卓越した演奏集団から疎外して、白人男性的地位から逃れようともがいているような、そんな自分のぶざまさを、磨かれた音楽でスタイリッシュに示せている。白人男性である自分が演奏してもいいですか、と言いながら、ジャネール・モネイに許可をもらって、「Hell You Talmbout」をドンドコやったところにいちばん鳥肌が立ちました。私が打楽器に弱いからかもしれません。人種的暴力の犠牲になったアフリカ系アメリカ人の名前とともに、「その名前を言え！」と、白人男性である自分に向けられているはずの批判を織り込みながら繰り返すのですが、多彩な打楽器にやられました。ジョージ・フロイドも呼ばれていましたね。あの場面の打楽器の豊かさは、鎮魂のためではなく、霊魂を呼び覚ます儀式だとさえ言えるでしょう。

鳴り物と一緒に死者の名前を呼ぶ。私は、毎日新聞の記者、栗原俊雄さんに教えてもらった行事を思い出しました。彼も関わっているのですが、シベリア抑留で亡くなった四万六三〇〇人の名前を参加者たちがリレーでひたすら読み上げる、というそれだけのイベントです。三日間かかるのですが、死者の名前を読み上げる、という行為は、とても崇高で畏怖すべき行為であると私は思っています。黄泉《よみ》の国から死者を呼び出し、この世に間違いなく強い思いを残した死者とともに自分が生きていることを確認する儀式なわけですから。ちょっと抽象的ですが、ユートピアとは「これがユートピアだ」と言った瞬間に消え去っていくようなものに思います。それとわからないまま、どこかにこっそり潜んでいて、それだけを味わうことができない。『アメリカン・ユートピア』にユートピア性が潜んでいるとすれば、一つは、死者の呼び戻しの儀式だと感じました。

さて、後藤さんの質問に少しずつ向かっていきたいと思います。後藤さんの素敵なスタジオで映画を観た後、確かに私はユニフォームの話をしました。おそらく、演じ手の表情や身体表現の豊かさを際立たせるために、あえてグレーのスーツをみんな着ています。動きも統率が取れていて、なるほど「マーチングバンド」的であるかもしれない、と思いました。ナチスにとって軍楽隊の音楽はとても重要です。一二、一二、と歩く二拍子は軍隊のスタイルであり、気持ちを昂《たかぶ》らせるのですが、『アメリカン・ユートピア』はそういった軍隊的世界観を茶化して、換骨奪胎《かんこつだったい》しようとするものだったと思います。その一番の証拠が、出演者がみんな裸足であることではないでしょうか。軍隊は裸足では戦えません。軍靴がなければ、毒蛇や毒虫が潜むジャングルや灼熱の砂漠、ガラスやコンクリートの破片が散らばった市街地を進軍できません。裸足は脆さの象徴です。また、どこか統一した目的地があるわけでもありません。『アメリカン・ユートピア』は、軍隊的文化をパロディーとしながら、ゾクゾク感をそこから切り離した試みだと感じました。

ここからは、後藤さんの歴史家泣かせの問いと向き合わなければなりません。歴史上ユートピアはなぜ失敗し続けるのか。この問いに答えることは実は私にとって生涯の課題ですので、今回は三つくらいの事例だけですが、お話しできればと思います。

第一に、「ジャパニーズ・ユートピア」といえば、「満洲国」です。

一九三二年三月一日に、中国東北部に日本が軍事力を背景に作り上げた傀儡《かいらい》国家は、五族協和を謳《うた》い、どの民族も頂点にはいない、平等の世界を作ると喧伝しました。英仏の黒人を蔑視《べっし》する植民地主義に対抗する姿勢を見せるためです。この国の建設には、もともとはマルクス主義者だったけど度重なる検挙で転向した知識人も多数かかわっていましたから、協同組合主義や計画経済などもどんどん導入されていきます。恐慌で苦しめられた日本の貧しい農民たちの目には、地平線に大きな夕日が沈む満洲の写真は、文字どおり、今の苦境を忘れさせる「ユートピア」に映ったかもしれません。このまえ、高知県の満洲移民体験者の聞き取りに行ってきました。この女性は十代で満洲にわたって、一九四五年八月にソ連が攻めてくると、妹をのぞいてすべての家族を失うという悲劇を経験したのですが、満洲にいる頃は本当に楽しかったと言っていました。

しかし、実態は「ユートピア」ではなかった。ユートピアと偽るために、まずもともと住んでいた中国人や朝鮮人から土地を安く買って、追い払い、そこに日本人を住まわせました。中国人や朝鮮人の蔑視を日本人は捨てませんでした。何よりも、中国人捕虜の人体実験をおこなった七三一部隊の本部も満洲国のハルピン市です。

つまり、英米資本主義への批判、異民族のハーモニーを謳った満洲国の資料を読んでいると、ついどこか高揚してくるのですが、そんな高揚感が私たちから奪おうとしているのが「初発の巨大な暴力」の記憶にほかなりません。「始まりに暴力はなかったか？」という問いを、私はデイヴィッド・バーンの『アメリカン・ユートピア』の演奏家たちの編成から少し感じることがありました。「アメリカ」が多くの人の希望でありえたのは「初発の巨大な暴力」が存在し、多くのネイティヴアメリカンの人生と家族と植物と土地と川を恐ろしいほどまでに破壊したから、あるいは、アメリカの富が蓄積されたのは、アフリカからたくさんの人間が奴隷として連れてこられたからでした。

第二に、アメリカのペンシルヴァニア州にある「ハーシー」という街です。

最近読んだキャロル・オフの『チョコレートの真実』（英治出版、二〇〇七年）から学んだのですが（とてつもなく暗くなる、面白い本でした）、ミルトン・S・ハーシーのアメリカン・ドリームはまさに「アメリカン・ユートピア」との裏面だと感じました。ハーシーは貧農出身で、ミルクチョコレートを開発し、一躍大富豪になった人物で、慈善活動家でもあります。

ハーシーは貧しかったこともあって、富豪になってからは、たくさんの孤児を引き取って孤児院を作った人です。そして、チョコレート工場の人たちが楽しく、明るく過ごすことができる田園都市を作ろうとしました。福利厚生もばっちりで、ゴルフ場も大劇場も巨大なプールもあって、各家に水道も電気もとおり、スチーム暖房も完備している。中心にはチョコレート工場。ハーシーが人格者で労働者の条件も良いので、だれも不満を抱きません。「『貧困も、厄介事も、悪もない』、純正のアメリカンコミュニティ」と著者は述べています。

ハーシー自身の人格を悪くいう人はいません。まさに教祖にも近い「圧倒的なリーダー」

ですが、ここにこそ、大きな問題があります。リーダーの輝きは追随者の目を曇らせます。ハーシーのチョコレートの原料カカオはどこから購入しているのでしょうか。どうして、ハーシーはあれだけのユートピアを作れる富を蓄積できたのでしょうか。答えは簡単です。カリブ海の島々などのカカオのプランテーションで苦力《クーリー》（アジア人の労働者）を奴隷のように働かせたり、めちゃくちゃな労働環境の改善を怠ったりしていたからです。人件費は削減できますから、儲かるのは当たり前です。ユートピアをみるまえに、「その原資はどこにあるのか？」と問い掛けないと、単なる独善で終わってしまいます。

第三に、私たちが中学生の頃まで存在したソヴィエト社会主義共和国連邦、つまりソ連という「ユートピア」です。

もしかしたら、これが一番のわかりやすい教訓かもしれません。史上初めて、資本主義を否定する国が登場し、富豪の家は貧しい人に分けられ、土地の私有制も廃止されました。労働者が主役の国が登場したのです。各国の共産党関係者や労働組合の運動家たちの心が動かないわけがありません。

ところが、結局、この国はレーニンの望まざる後継者スターリンという独裁者の猜疑心《さいぎ》によって多くの政治家が殺され、農業集団化によって「クラーク」という富農ばかりか、クスターリという農村工業者たちも殺されたり、シベリアの収容所に送られたりしました。「平等」を目指すと「飢えさせない」ためならどんなことも厭《いと》わないという絶対主義が登場し、それが自由な言論空間を奪い、政治が硬直化する、というテーゼは、ハンナ・アーレントが『革命について』（ちくま学芸文庫、一九九五年）で論じています。アーレントは、ちなみに、アメリカの独立革命と独立宣言を高く評価しています。これはロシア革命のように、「食べて住んで生きる」のではなく、「みなが尊厳を持ち、自由に議論できる」ことが何よりも前面に謳われている、と。私はアーレントの議論に対してどう答えるか、まだ模索中なのですが、『アメリカン・ユートピア』は、私からすれば後者の革命に忠実な作品だと思いました。音楽は人をダメにもするし、権力にも従わせますし、死にも向かわせますが、どんなジャンルにも到達できないほど尊厳を与えてくれます。

また、私はよく考えるのですが、争いのない、平等な国を目指したとしても、人間は評価を求めますね。資本主義は、市場が「あなたの月給は何円」「あなたの家は何円」と具体的に評価を金銭で決めてくれますが、平等を建前とする社会主義はそうはいきません。そこで褒賞と昇進が資本主義社会以上に必要です。上の人が下の人を褒めること。褒めることによる評価社会にはしかし、権威と賄賂《わいろ》がつきものです。力をもつものはやはり腐敗するわけです。価値評価システムという問題は、資本主義と社会主義の相克《そうこく》の歴史でもある現代史の重要な論点だとひそかに思っています。

最後に、表現と政治の問題について考えたいと思います。表現の世界に「民主主義」を持ち込めば、例外はあるとはいえ、平凡と安全に傾きがちです。やはり、だれかの独創が必要となる。作り手の独断と偏見がなければ、とおり一遍の道徳的作品で終わってしまいます。むしろ、問われるべきは、その「独断と偏見」が独創に結びつくのではなく、単なる外部に対する無知にもとづく「ひとりよがり」にすぎなかったときです。先に述べたハーシーがそうでした。

『アメリカン・ユートピア』という作品には、一歩間違えると「ハーシー」になりますが、「ハーシー」にならないための仕掛けもあるように感じました。たとえば、デイヴィッド・バーンはこの作品の中心であるにもかかわらず、しばしば他の演奏家たちの渦に飲み込まれています。尊厳を奪う統治と闘うためにも、自分は現場の被害ではなく、加害の側に足がからんでいると自覚しなければお話になりません。巻き込まれている自分を相対化できないと、独善的です。あの作品に私は「渦」のようなものを感じます。あの映画の観客は、単に鑑賞しているのではなく、もしかしたら、ブロードウェイの真ん中で政治の渦に巻き込まれ始めているのかもしれません。公共空間への参加を政治というならば、政治とは、国会議事堂に「登壇」することではなく、渦に飲まれにいくことでしょう。表現作品も、究極のところは美術館に並ぶのでも本屋に並ぶのでもなく、この渦のリズムに近づくことかもしれません。

藤原辰史

終章　青い星、此処で僕らは何をしようか

藤原辰史より

本書の作業をひととおり終えて、まずは深く呼吸をしたいと思った。生まれたばかりの赤ん坊は、大音量の叫びを響かせることで、はじめて地球の大気を吸う。地球と出会う、と言ってもいい。肺が動き始める。きっと一九七六年十二月二日に生まれた私たちもそうだった。二十億年以上かけて植物たちの光合成が作り上げたこの酸素たっぷりの大気を、同じように植物の創造物であるオゾン層というバリアに紫外線から守られて吸うことが命の始まりだとするならば、もう一度私は、青い星で深く呼吸をしたいと思った。

なぜって、現代社会はあまりにも私たちに深く呼吸をさせてくれないからだ。呼吸が浅くなるように、心が落ち着かないように、絶えず新規なものに目を向けさせるように、現代社会は私たちを駆り立ててやまない。深呼吸をしているひまなどない。私のように目まぐるしく動いている人間にはいっそうのこと、そうかもしれない。

研究職という仕事は世間では落ち着いた人がすると思われているかもしれない。机に向かっ

て本を読んだり、実験道具を扱ったりしているところを想像してみれば、そういう印象は仕方がないかもしれない。だが、あきらかに私はそうではない。「おっちょこちょいだ」という形容動詞を名詞化すれば、それは私である。

後藤さんは、歌を作り、演奏して、歌う人だ。いわば、空気の職人である。一緒に話をしていると、いつも後藤さんは私よりかなり落ち着いていることに気づく。呼吸がゆっくりなのかもしれない。本書でもあるように、ライブで「おまえら」「かかってこい」とは叫ばない後藤さんだからかもしれないが、やはり地に足のついた思考をする。たとえば、上勝での対談のとき、私は言いたいことが頭をかけめぐっているのに、それを表す言葉を見つけられずにしゃべり続けている場面がある。そのとき、後藤さんは「虚栄心」と一言で受け止めてくれた。私は、占いを信じない。同じ誕生日でもこんなにも人生も性格も異なるのだから。

こんな道場の破りあいのような対話の後で、私たちに何ができるだろうか。本書でもすでに断片的に答えてきたが、改めてここでまとめたい。

第一に、青い星の「青さ」を追求する動きを止めないこと。近代は、青い空を灰色の空に、青い海を灰色の海に、青い山脈を灰色の山脈に変えていく時代だった。そんな色彩の変化の大きな原因のひとつである公害について後藤さんと話したいと思ったのは、私たちは公害が世の中を劇的に変えた後に生まれたからである。後藤さんは神宮外苑の森の伐採の反対運動に加わり、私も後藤さんに頼まれて文章を書き、それを読んでもらったことがあるが、そのときに、神宮で今起こっていることは東京がずっと日本列島全域にやってきたことだ、と書いた。グレタさんや人新世という言葉や地球温暖化という言葉が人々に知られるずっと前から、日本は、そういう問題を考え、真剣に悩み、文明総体をも批判の対象にしてきた長い歴史があったのだ。それなのに、そうした思考の遺産がどうして今ほとんど引き継がれていないのか。『阿賀に生きる』は、そんな偉大な遺産のひとつであり、これを機に読者のみなさんにもぜひ観ていただきたいと思う。

そして第二に、私たちはまだ「青い」、熟してなどいない、可能性はまだたっぷり残っているのだ、と言い続けたい。確かに、人文学の世界では、安易な可能性を語ることに慎重であることが望ましいと言われている。世界の不可能性をとことん知り尽くすことを優先する職業である。安易な希望を語る研究者がこれまでの戦争で大惨事をもたらしたことも、そういった態度をかたちづくっているかもしれない。私もそのような態度を誇りにさえ思っている。だが、その態度の形骸化もまた私が今学界に感じることである。心の中にマグマが湧いていないのに、ポーズとして「冷静」を装うことほど虚しいことはない。後藤さんの冷静な言葉一つひとつに、どれだけの火傷《やけど》級のマグマを私は感じたことだろうか。それは、折に触れて語っていた音楽業界に対する反発だけではない。一人のロックミュージシャンが、あれだけの本を読んできたのは、もちろん、活火山的人間が抵抗するためにはまず考えなければならないからだろう。

第三に、だからこそ、作品も運動もオープンエンドであってかまわない。『アメリカン・ユートピア』はおそらく多方面からの批判に開かれた表現だったからこそ、観客に考えさせるような音楽とパフォーマンスに向かうことができた。誰もが間違いうる。間違った瞬間に集中砲火をし「はいそれまで」で終わりにするのが、SNS社会の作り上げたもっとも醜い性質のひとつである。人間は間違った後にこそ試される、ということを、やはり私は後藤さんとの対話、とくにアジカンのメンバーとどう言葉を交わしてきたのか、という話から学んだ。

最後に単純な事実確認を。

本書のタイトルは、青い星「を」どうしようか、という問いではない。青い星「で」どうしようか、という問いである。青い星は、誰のものでもなく、誰のものでもある。だからこそ、同じ惑星をシェアするには、率直な言葉の交換が必要である。本書がそのひとつとして、未来の青い星の共同使用に貢献できれば幸いである。

後藤正文より

「分断しないとダメなんです」

出会って間もない頃、どう考えても自分より物腰の柔らかい藤原さんの言葉に衝撃を受けた。インターネットでは人々がクラスタと呼ばれるさまざまな蛸壺《たこつぼ》に分かれて、それぞれの意見を戦わせていた。いや、意見を戦わせているというより、どちらの言葉も交わることなく一方的に投げつけられ、分断ここに極まれりみたいな雰囲気で、多くの人がそうした状況を嘆いていた。心ある人たちは「分断するのはやめよう」と発言していたように思う。

しかし、藤原さんは「分断しないとダメだ」と言った。「分断しないと、我々がどのような点で対立しているのかがわからない」と彼は続けた。

あなたと私は違う。書いてしまえば当たり前のことで、何の発見もないことだけれども、どこを眺めても違いばかりが目について、またその違いに対して飛び交う言葉を読むうちに、そんな当たり前のことに辟易《へきえき》としてしまう。言うのも書くのも、歌うのも表すのも面倒なので、あらゆる違いから距離を置いて、面倒に巻き込まれたり関わったりしないように注意深く活動をしよう、みたいなことを考えてしまいそうになる。実際にそうしている人は、学者やミュージシャンにも多いだろう。

私たちがそれぞれに違うことは、多様性そのものだ。それぞれの違いを表した上で、共通点について考えたり、違いを認め合ったり、時には自分を変容させたり、面倒でもそうしたことを積み重ねることが社会の一員として暮らすということではないかと思う。

音楽を作っていると、聞くことの大切さが身に沁みる。自分の鳴らした音や作った音楽は、それを聞かないことには美醜の判断もつかない。一方的に鳴らし続けているうちに素敵な音楽が出来上がるのではなく、楽器を鳴らしたそばから聞き手となって、演奏者と聞き手というふたつの役割を何度も行ったり来たりしながら、音楽作品は完成に近づいていく。

私たちはひとつの言葉も旋律も知らずに生まれた。どうやって言葉や音楽を覚えたのかといえば、聞いた（感じたり、見たりすることも含む）からだ。誰かの言葉や音楽を聞いて、私たちは新しい言葉を習得し音楽についての感覚をひらく。生まれてすぐに「こんにちは」と話す人はいない。誇大妄想かもしれないが、言語はその原初において、発せられることによって誕生したのではなく、聞くことによって始まったのだと思う。聞き手がいなければ、何も起こらなかった。音楽も同じだろう。誰かが音楽として、それを聞き取るところから音楽は始まったのではないかと思う。

私たちは、誰かの言葉でも音楽でも、耳を傾けることを忘れて、発することばかりに夢中になってしまったのかもしれない。

藤原さんは『分解の哲学』で、それを見事に言い当てている。私たち人間は地球が物質を土に還すような分解能力を超えて、モノを作り続けている。廃棄物を生み出し、積み上げ続けている。地球が壊れてしまうような速度で、生産と消費を続けようとしている。暑くなった地球を温めながら、今年の夏も健康のために仕方なく、自室を冷やし続けている。

僕もまた、何かを作る手を止められないでいる。Decomposition＝分解ではなく、Composition＝作曲を続けている。藤原さんが指摘した分解を、音楽の上でどのように捕まえたらいいのかと考え続けているけれど、楽曲を解体して土に戻すようなことではなくて（そんなことはできない）、注意深く聞くことがDecompositionに該当するのではないかと現在は考えている。咀嚼《そしゃく》して消化すること。誰かの文章をよく読むことも、同じなのかもしれない。表現においては、そこにDecompositionが存在しているのではないかと思う。

藤原さんとの対話を何度も読み返したけれど、これは何の本なのか、僕には正直よくわからない。同じ年の同じ日に生まれた二人がそれぞれの場所から真剣に言葉を紡いで、お互いの言葉に耳を傾け合っているだけで、環境問題や社会問題の特効薬のような解決策が発見されているわけでもないし、目新しい視野が開けたような実感も得られない。誰かの人生の役に立つかもわからない。

けれども、本を作りながら、ゆっくりと時間をかけて話し合い、持ち帰って考え、再び持ち寄って話し合うような時間の使い方は、とても大切だと思った。何もかもが加速して、電車も車も飛行機も、あらゆる交通手段が小さな生活や町には目もくれずに目的地を目指し、僕たちは誰の顔も見えないようなスピードで言葉やモノを消費して、地球まで破壊しようとしている。

そんな世間のスピードから離れて、人間中心主義的な人間像ではなくて、地球の一部としての人間らしいスピードで、豊かさについて考えたい。

それはきっと、新しい成長なんだと思う。

脱成長という言葉は、結局のところ経済成長をどう考えるかでしかなく、そういう意味では矢印の向きこそ反対でも、経済成長についての画一的な考え方から脱却できていない。同じメーターで、現在の時速を問うているようなものだと思う。

生産や消費の多寡《たか》ではなく、分解が大事なのだというような発想で、未来について考えたい。伸び代はきっといくらでもあるし、何かを損なうことなく、僕らは豊かになれると思う。

根拠はない。けれども、そう真剣に信じている。

みんなでやり直そう。

後藤正文（ごとう・まさふみ）

1976年12月2日生まれ。静岡県出身。ロックバンド・ASIAN KUNG-FU GENERATIONのボーカル&ギターを担当し、ほとんどの楽曲の作詞・作曲を手がける。また、新しい時代とこれからの社会を考える新聞「The Future Times」の編集長を務める。レーベル「only in dreams」主宰。2024年5月、静岡県藤枝市にて「NPO法人アップルビネガー音楽支援機構」を設立。著書に『何度でもオールライトと歌え』『凍った脳みそ』『朝からロック』、編著に『銀河鉄道の星』など。

藤原辰史（ふじはら・たつし）

1976年12月2日生まれ。島根県出身。京都大学人文科学研究所准教授。専門は現代史、特に食と農の歴史。著書に『縁食論』『トラクターの世界史』『カブラの冬』『ナチスのキッチン』（河合隼雄学芸賞）、『給食の歴史』（辻静雄食文化賞）、『分解の哲学』（サントリー学芸賞）、共著に『中学生から知りたいウクライナのこと』『中学生から知りたいパレスチナのこと』など。

青い星、此処《ここ》で僕らは何をしようか

2024年12月2日　初版第1刷発行
2024年12月20日　初版第2刷発行

著者　後藤正文・藤原辰史

発行者　三島邦弘
発行所　（株）ミシマ社
〒152-0035　東京都目黒区自由が丘2-6-13
電話　03（3724）5616　FAX　03（3724）5618
e-mail　hatena@mishimasha.com
URL　http://www.mishimasha.com/
振替　00160-1-372976

装幀　名久井直子
写真（カバー・扉）　濱田英明
印刷・製本　（株）シナノ
組版　（有）エヴリ・シンク

ISBN　978-4-911226-13-1